世界少年经典文学丛书

风先生和雨太太

[法]缪 塞 著

姜春香 编译

 中国出版集团 现代出版社

图书在版编目(CIP)数据

风先生和雨太太／(法)缪塞著；姜春香编译. —北京：现代出版社，
2013.2 （2025.1重印）

ISBN 978 - 7 - 5143 - 1257 - 7

Ⅰ．①风… Ⅱ．①缪… ②姜… Ⅲ．①童话 - 法国 - 近代 - 缩写

Ⅳ．①I565.88

中国版本图书馆 CIP 数据核字（2013）第 021144 号

作　　者	缪　塞
责任编辑	李　鹏
出版发行	现代出版社
通讯地址	北京市安定门外安华里 504 号
邮政编码	100011
电　　话	010 - 64267325　64245264（传真）
网　　址	www.xdcbs.com
电子邮箱	xiandai@ cnpitc. com. cn
印　　刷	三河市嵩川印刷有限公司
开　　本	700mm × 1000mm　1/16
印　　张	9
版　　次	2013 年 2 月第 1 版　2025 年 1 月第 4 次印刷
书　　号	ISBN 978 - 7 - 5143 - 1257 - 7
定　　价	39.80 元

序 言

孩子是未来的希望，是父母心中的天使，是充满快乐的精灵。小学阶段更是孩子最快乐的时光，是孩子成长发育的黄金阶段。为了让孩子学习更多的课外知识，享受更加丰富的学习乐趣，我们策划了本丛书！

从小让孩子多读课外书，对培养孩子健康的心态和正确的人生观无疑将起着非常重要的作用。自《语文课程标准》公布以来，不少富有敬业精神、有才干的教师，在他们的教学中，担当起阅读教育的重担。他们在严谨的选材中，利用丰富的文学资源，向学生推荐了大量优秀的课外读物，实施了以"练成阅读和作文的熟练技能"为重要内容的阅读教育。大千世界充满了丰富的知识。阅读能丰富小学生的语文知识，增强阅读能力，提高写作水平，开阔视野，增长智慧。阅读本丛书，能够使孩子享受到阅读的快乐，激发起更浓厚的阅读兴趣，孩子的生活将充满新的活力与幸福！本丛书精选了世界名著和中国经典书目中流传最广、影响最大、最脍炙人口的作品，是培养小学生理解能力、记忆能力、创造能力的最佳课外读物。

最后需要指出的是，本丛书把世界上流传甚广的经典童话、寓言等也尽收其中，并将这些文学作品重新编写审订，使作品在不影响原著的基础上更适合少年儿童阅读，在丰富他们课余生活的同时提高语言和文字表达能力。本丛书通过科学简明的体例、丰富精美的图片等有机结合，使小读者不仅能直观地领略作品的精髓，而且还能获得更为广阔的文化视野和愉快体验。希望本丛书能成为孩子生活的一缕阳光照亮孩子前进的道路，能成为一丝雨露滋润孩子纯净的心灵。

编　者

目　录

风先生和雨太太

风先生访问约翰·比爱尔

　　善良的君王罗伯统治法国的时代，在布列塔尼的一个地方有一位穷苦的磨坊主人，他叫约翰·比爱尔。他的全部家当只有一个磨坊、一座破茅草屋和一个菜园。他在自己的菜园里种了些卷心菜、萝卜之类的东西。约翰·比爱尔的运气不是很好，他经常看见山上别人的磨帆在旋转，而他自己的却从来没有动过，因为风吹不着他的磨帆。虽然他菜园里的蔬菜被他辛勤地灌溉，却都枯萎了。约翰·比爱尔没有什么才能，只会无奈地叹气说："唉！风先生，你为什么不吹到我的磨帆上来呢？唉！雨太太，你为什么不落到我的菜园里来，让我收获些蔬菜呢？"

　　他的叹息一点作用没有，风听了没反应，雨听了也不放在心上。约翰·比爱尔为了不太寂寞，娶了一个美丽的农家姑娘，姑娘叫做克罗亭。她和他一样穷，但她很活泼，而且还是一个贤慧的妻子。克罗亭在家里打扫卫生，缝补衣服，整理房间，看管养鸡场，把鸡蛋拿到市场上去卖。过了一段时间，约翰·比爱尔家境稍微好转了一些，她还生了一个孩子，孩子取名比爱罗。克罗亭在婚后虽然攒了点儿钱，可是这点儿钱拿来买摇篮、小衣服，买母亲和小孩所必需的其他东西还不够。如果把这些东西都买来，她就一分钱都不剩了。正所谓祸不单行，克罗亭又得病了，于是不得不请医生来治病。约翰·比爱尔为了照顾妻子，只好放弃了工作，因为他没有钱去请人来看护妻子。这一对贫穷的夫妻立刻陷入非常困难的境地中了。

一天夜里，约翰·比爱尔坐在睡着的妻子和孩子旁边守夜，想起了自己的困难情形。

他心想：如果一切不幸都压在我一个人身上，我倒不怕。因为我的身体还算强健，能够忍受饥寒。我的妻子，她需要烤烤火，吃些好的食物来增加营养，用好药来医治她。但是我既没有生火的木柴，又没有做汤的肉，更没有钱买好药。我爱我的妻子和孩子，胜过一切财宝，我并不后悔娶了一个和自己一样穷的妻子。缺少风和雨才是我穷困的唯一原因。只要有风吹到我的磨帆上，我马上就可以摆脱这个厄运！

当约翰·比爱尔在这样想时，忽然看见蜡烛的火焰在晃动，听到生锈的风标在茅屋上旋转。风刮起来了！比爱尔连忙跑进磨坊中，他在漏斗里放了足够磨一夜的麦粒。然后移开刹住磨帆的木杆，磨帆转动起来了，磨开始把麦粒磨成面粉和麸皮。约翰·比爱尔回到妻子身边，看见妻子仍旧在睡觉，就擦擦手，想等妻子醒后告诉妻子这个好消息。

生锈的风标响得声音更大了，蜡烛也要放到帷幕后面才不致被风吹灭。因为茅草屋的墙上有许多窟窿和裂缝，到处都能吹进来风。窗户震动着，门也在铰链上扭动着，炉灰满屋飞舞着。

在这次大风造成的骚动中，约翰·比爱尔好像听见风灵们在对他耳语：

"让我们呼啸，对着这些破玻璃窗呼啸吧！让我们用力撕，撕去这些糊窗纸吧！

"让我们吟唱，对着这窟窿吟唱吧。让我们揭起，把这小屋的茅盖揭起吧。让我们推动，推动这不牢固的门吧。让我们嗡嗡地叫，在这个烟囱里嗡嗡地叫吧。"

这个神秘的声音虽然使约翰·比爱尔非常惊异，但是他并不害怕，他回答说：

"呼啸，吟唱，嗡嗡叫，你们随便吧，只要让我的磨子转动就行了。"

这时，门闩滑脱了，房门大开，约翰·比爱尔看到一个很特别的人跑了进来。这人长得很古怪，与其说他像一个人，还不如说像一个守护神。他的身体柔软而富有弹性，可以向任意方向弯曲。他的眼睛明亮得像磷火。他的两颊一会儿显得又瘦又皱，一会儿又饱满得像气球。他宽阔的胸膛发出一种响声，跟铁匠风箱发出来的一样。在他的肩胛上紧贴的两只大翅膀，竟不能在这茅草屋里舒展开来，一件红薄纱的长袍飘荡在他的四周，打成许许多多的褶皱，所以不能很清楚地辨别出他的身体形状。他的脚在地上并不是费力地走，而是在轻快地滑动。可是看他的神情，他好像很疲劳，就像曾经走过一段很长的路程一样。

"请给我一把椅子，"他说，"让我在你家里休息一会儿，然后再赶路。"

约翰·比爱尔很热情地搬出他最好的柴垫椅子，"请坐，先生，"他说，"你就在我的茅屋里好好地休息。我只请求你说话别太大声，不要吵醒我生病的妻子和新生的婴儿。"

"不会的，"客人回答说，"我讲话时喃喃的语音，会使他们睡得更安稳。我就是风先生，你多次向我祈祷过。我有点气喘，你不要奇怪。我对你说过的，在一个小时之内，我曾经走遍了布列塔尼的整个海岸，又在海面上赶了一段很长的路程。你那个住在邻近城堡里的地主不欢迎我，他的仆人关闭了所有的门，上好了门闩；那些窗户，也遮好了坚固的百叶窗，拉上了厚布幔；所以我丝毫不能从高塔的天窗中吹进楼梯间里，或者从一个小小的气孔吹到厨房里。但是我已经拿在城堡上的站岗的哨兵出了气，我把他们的哨舍吹倒了。你的茅舍恰恰相反，墙壁有缝，屋顶有洞，窗户的玻璃是破的，门也没闩好。我只把你的门一推，就吹进来，这种茅草屋是我所喜欢的。你只有一把又破又旧的柴垫椅子，我一进来，你就很热情地拿出来让我坐下。我很感激你这种款待。所以，约翰·比爱尔，如果你要我做一点事，我很愿意为你效劳。"

"风先生，"约翰·比爱尔说，"我请求你在我的磨帆上每天吹三四个小时。"

"我可怜的约翰·比爱尔，"风先生说，"我是不可能每天都出来的。雨太太在天上每天要占去很多的时间，她好像是一个忘恩负义的家伙，我替她带来了云，她却把我赶走了。说到太阳，他和我的感情更差。我有时候躲在洞里几个月都不出来。但是没关系，我可以派微风和小精灵到你这里，他们本来是奉了我的命令在早晨和晚上到各处去巡查的；我可以叫他们别忘记了你的磨坊。你以后有什么困难和烦恼，也可以到我的洞里来看我，我愿意帮助你。我住在那边南山的山顶。"

"啊！风先生，"约翰·比爱尔感叹道，"现在是我最困难和烦恼的时候。你能立刻帮帮我就好了！"

"今天太晚了，"风先生回答说，"现在我必须出发了，我要赶到巴黎去吹倒 12 个烟囱。在半小时之内我就要回到家里，因为雨太太一会儿就要来了。再见吧，约翰·比爱尔。"

风先生说着，一跳就跳出了茅屋，张着他的大翅膀，忽地消失了。半个小时之后，呼啸、吟唱和嗡嗡的声音渐渐地低沉下去，最后，终于完全安静了。约翰·比爱尔知道风先生已经回家了，回到了他在南山山顶上的洞里。但是他留下的那些小精灵，已足够使磨子转动了。

雨太太访问约翰·比爱尔

风先生走后，雨立刻落下来，起初雨很小，后来却很大，像瓢泼。小河里的水涨了，干枯的土地吸足了雨水，到处是小水潭，雨点落到水潭里发出铃铛一样的响声。约翰·比爱尔好像又听到雨灵们的声音：

"我们落下去吧，落到这座茅屋的顶吧。我们淋吧，淋湿这座茅屋吧；我们浇灌这些卷心菜的叶子吧；我们淹了这些卵石吧；我们在这水沟里发音吧；我们沿着这道横梁流过去吧；我们从这个窟窿里跳出去吧。我们要落下去，要努力打湿一切；小雨点，一滴滴、一点点地下吧！"

约翰·比爱尔听了并不害怕，说："落下、打湿、浇灌，你们随便吧！明天，我的菜园将要青绿了，我的卷心菜将会长得更好了。"

风先生进来时推脱了门闩，离开时并没有把门掩上，留了三四寸的缝隙，约翰·比爱尔从这道狭缝里，看见一个身材高大的朴素妇人走了进来，她的容貌与其说像一个女子，不如说像一个仙女。她的身体有点像雾。她面色灰白，脸颊瘦削，好似大病初愈的样子，她的头发很直，垂下来一直垂到脚边。从她的眼里流出两行热泪，她鼻子因为伤风也有点发肿。她的衣服和披肩是灰色的。在她的丝巾上反射出七色的虹彩。妇人慢慢地走过来，却看不出她的脚在移动。她伸出双臂，打了一个呵欠，看她的样子，她不但疲劳，而且好像还忧郁。

"请给我一把椅子，"她对约翰·比爱尔说，"让我在这里休息一下，一会儿还要到盆地里去。"

"太太，请坐。"约翰·比爱尔说，"请你声音别太大，因为我的妻子得了病，我的孩子在睡觉。"

"没关系！"妇人回答说："我说话的声音会使他们睡得更香。我是雨太太，你多次向我祈祷过。五分钟之前我还在1500多米的高空中，我从高空中落下来，稍微有点眩晕。在附近城堡里的那个地主，当我要进去时，他把窗户都关好。但是仇我已经报了，我把他的哨兵全身都打湿了。我发现你的草屋墙缝了，玻璃也破了，房门大开着。我非常喜欢你的小屋，我会记住你的殷勤招待。如果你要我帮点忙，我可以趁这机会效劳。你尽管提吧，我是很愿意帮你的。"

"雨太太，"约翰·比爱尔说，"我只希望你每星期在我的菜园里下两三次雨，你能答应我的请求吗？"

"哎呀！朋友，"妇人说，"我不能常常随意出来。这世界上洪水的光荣时代已过去了。现在太阳先生比我有势力，我出来他总是把我赶回洞里。还有那月亮太太，从亚当时代开始，我就窥探她到底是不是喜欢我，但是直到现在我还没有弄清楚；不过依靠天文学家的帮助，我希望在三四千年之内，能够准确地知道她对我的态度究竟怎样。除了你这里之外，别处都不给我好脸色看。每年有三分之二的时间我是被囚禁的。但是没关系，我可以派我的晨露和小云到你这儿来，他们在太阳没有出来的时候，做什么都可以。如果你的妻子和孩子有什么不幸，你就赶快来报告我，我也许可以来保护他们。"

"啊！雨太太，"约翰·比爱尔答道，"你现在就保护他们吧！我的妻子得了病，如果她绝了奶，我孩子的性命就要不保了。"

"这事你应该早点儿对我说，"妇人说，"你太笨了，约翰·比爱尔，我要马上离开这儿，去湿润的诺曼底和波司的平原了。太阳会马上来晒干我的全部工作。诚实的约翰·比爱尔，再见吧。我在西边海岸的洞窟里住。"

雨太太从半掩着的大门溜出去，就降落到山谷里去。在一个小时之后，晨光渐渐地红了。雨灵们轻声地谈着。小河里蓄满了水，一点声响都没有。小铃铛似的声音也逐渐消失了。太阳立刻把云驱散，于是约翰·比爱尔知道雨太太已经回到她西边海岸的洞窟里了。

约翰·比爱尔走出大门，来到自己的磨坊里，看到磨的面粉足够装满两袋。然后他又来到他的菜园里，采了些卷心菜和莴苣。一场大雨过后，这些蔬菜很快就成熟了。他把面粉卖给了一个农民，那农民也给了他两块银元。他把蔬菜担到市场上去卖，等他回家时肩上已经捎了一捆木柴，篮子里也满装了精美的食品，口袋里还有很多的钱。他回到家时妻子还没有醒来。

在风先生的洞里

约翰·比爱尔的妻子一直睡到早上才醒来，她没有听到风雨的声音。当她听说磨子曾经彻夜转动，看到丈夫带回来的钱和食品时，非常惊讶，她酣睡了很久，病本来就已好转，现在听到这个好消息，心里一高兴，她就恢复健康了。到最后，关于那两个来访的奇怪客人的事儿，约翰·比爱尔并没有告诉妻子。

他想："虽然克罗亭比我聪明，可是她的话也多。她一定会去和她的朋友说出我的秘密，这对我是不大方便的。"

以后的几天里，磨子日日夜夜都转动着，露水降到菜园里，火炉里的火很旺。约翰·比爱尔和他的妻子也有好菜吃。克罗亭完全康复了，小比爱罗的脸上也泛着玫瑰色，好像一只熟透的苹果。总之，幸福和快乐又来到约翰·比爱尔的家里了。

一天，邻近城堡里住的地主出来打猎，并经过约翰·比爱尔的茅屋。读者该知道，那时地主有很大的权力。他们如果是好人，就可以让他们的租户安心地生活；可是他们如果是坏人，就会使用种种残忍的手段来压迫和对待贫苦的农民。约翰·比爱尔也是这个地主的佃户。这个地主心肠歹毒，爱财如命，为了搜刮钱财，他极力压迫农民，向他们征收重税。

他让农民付人丁税、什一税、皇后佩带的献金，还想出了上百种其他的苛捐杂税。约翰·比爱尔看见地主到来，大吃一惊，因为他知道地主来看他就没有好事。

"喂，约翰·比爱尔，"地主骑在马上说，"你欠我六个月的租税，明天我就派我的管家来找你拿10块银元。"

"老爷，"约翰·比爱尔回答说，"请你宽限我两个月吧。我的妻子得了病，如果我把仅有的10块银元给了你，我自己将分文不剩了。"

"不会宽限你一天，"地主说，"你要是明天不付清，我会把你所有的东西都变卖掉，并把你赶出茅屋，用鞭子赶你到我的地里去工作。"

地主说完，也不理约翰·比爱尔苦苦哀求，就疾驰而去了。

第二天，地主的管家带了一个钱袋来了，约翰·比爱尔只有把10块银洋付给他。这些钱，是约翰·比爱尔在一个月内攒下来的。这是风先生和雨太太的恩赐，现在全部失去了，克罗亭痛哭起来。

"别哭，"约翰·比爱尔对她说，"别人都不会像地主这样凶恶的。快把钉靴、手杖和绒外套拿给我，我要去拜访一个人。我要是回来晚了，请你别担心，我会带给你一些好消息。"

克罗亭马上想到丈夫有一桩秘密瞒着她，她抹干了眼泪，喋喋不休地问丈夫为什么这个秘密不告诉她。但是他仍然不肯说，穿上钉靴，拿了手杖，披了绒外套，就出发了。经过了几块田地和草地之后，约翰·比爱尔到了南山的山脚下，然后穿过一片松林，又攀登了三个钟头山峰，经过几处野生的灌木林，最后来到了高峻的岩边。他依靠钉靴和手杖的帮助，攀了上去。日落之前，他到了山顶。当他看见一个山洞时，他断定这一定是风先生的住所了。这个洞窟很大很暗，约翰·比爱尔见了不免有些胆寒。他极力振作精神，用手杖探着路走进去，走了不到二三十步路，就听见小精灵们的声音了。

"我们吹这个客人吧，"小精灵们说，"我们把他的外套扯去，把他的帽子揭去吧。"

于是约翰·比爱尔一只手紧紧地抓住帽子，另一只手拼命地抓住绒外套。最后他看见了一些亮光，也看到了风先生。他正坐在一张桌子旁边吃晚饭，四周萤火飞舞，萤光照着他。另外一些小精灵从作为厨房和地窖的两个大洞里，拿出许多好菜和小酒坛来。

"是谁在那边？"风先生问。

"是我，"约翰·比爱尔回答说，"我是约翰·比爱尔，一个月以前，您曾经到我家休息过。"

"那么，你来找我有什么事吗？"

"我也不知道，老爷。"约翰·比爱尔结巴着说。

"你这傻瓜，"风先生咆哮说，"你打扰了我吃饭，连来干什么来了都不知道！对了，我曾经说过要保护一个蠢汉。"

"请您原谅，"约翰·比爱尔说，"我一见到您。我就语无伦次了。自从您光顾了我的磨坊以来，我获得了 10 块银元。今天早上，我的地主老爷借口收租税，派人来将这些钱拿去了。所以，我来请您帮忙。除了您这样慷慨大度的人以外，我没有谁可以依靠了。"

"我没有时间管你的事，也没有什么建议可以给你，"风先生气呼呼地说，"请你把你最需要的东西，用几句简单的话告诉我。"

"我最需要的！"约翰·比爱尔说，"你想给我什么就给我什么吧，只要让我不至于饿死就可以。目前威胁着我的便是饥饿啊！"

"你不会饿死的，"风先生温柔地说，"把我的小银桶拿来给他。"

一个长着蝙蝠一样翅膀的小精灵，立刻拿来一个美丽的小银桶，和装橄榄的小桶那么大。另一个小精灵拿来一根小棍，也是银子做的，放在桌子上。

"你把这个桶和这根棍拿去，"风先生说，"等你到了家里，用这小棍在小桶上敲一下，你就可以得到你需要的东西了。现在你回去吧，让我安安静静地吃饭。"

小银桶

当约翰·比爱尔离开风先生住的洞窟时，天色已经黑了。他在岩石间转来转去，几乎撞坏了脑袋；他的绒毛外套被荆棘撕破了；他的脚虽然穿着钉靴，却在沼泽里打湿了；但是他不肯放开小银桶和银棍。他回到家已经是晚上九点多了，他的妻子正在等他回家。

"那是什么东西?"克罗亭看到小银桶,立刻问:"你从哪里得到的这个好宝贝?我知道你对我隐瞒着一桩极重要的秘密。现在你必须把这个秘密告诉我。这小银桶里有宝石吗?即使里头没有什么,单单这个小银桶至少也要值100路易,更不要说那笔制造费了。把它拿去卖给金匠,也可以得到一笔很大的款子。快说,约翰·比爱尔,我好奇得忍不住了。"

于是约翰·比爱尔就告诉她,风先生怎样到家里来,怎样答应保护他,并且送给他小银桶和银棍,教他怎么使用。约翰·比爱尔再三叮嘱克罗亭,千万不能把这件事情对邻居们说。但是克罗亭并未听进丈夫的叮嘱,她只顾唠唠叨叨地说着。

"你看,"她向丈夫说,"你对我隐瞒这个秘密,这是多么大错误。我比你聪明,如果我早知道这件事,便可以给你出主意,当风先生问你需要什么时,你就不会像呆子一样一句话都说不出了。我一定教你直接地回答他:'给我一万法郎。'这样的话,你回来时就可以带着现钱,就不用带这个小银桶,把它卖出去多麻烦呐。"

"谁知道呢?"约翰·比爱尔说,"这小银桶也许比你所想的还要值钱呢。我们来试验一下。"

约翰·比爱尔把小银桶放在桌子上,抖抖索索地拿起小银棍敲了一下。这个小银桶马上分为两部分,好像一只木橱。一边是一个小厨房,另一边是一个小食料房。厨房里,可以看见有缝衣针大小的炙肉叉,顶针大小的罐子,以及很小的蒸罐和煎锅。看到这种情形,真是令人哭笑不得。一个厨师,高度不过三寸,戴着一顶棉睡帽,棉帽一直罩到耳朵边;还有两个小仆人在灶头工作,吹火、炙肉、调味,忙个不停。他们在那里烤着蜜蜂那么大的火鸡和不如苍蝇大的童子鸡;煎着比刚孵出的蚕还要小的鱼,那里还有针尖那样大小的切碎的蔬菜。同时,有两个和厨师同样大小的男仆,在食料房里整理那些用具。他们正在擦拭那些银币大小的小瓷盆和小得不能再小的小玻璃杯。他们往一个瓶子里倒了两滴酒,又在一个水晶瓶里倒了两滴水。片刻间,一桌筵席已经准备好了。

约翰·比爱尔和妻子惊奇地望着这些小人,看着他们迅速而忙乱地操作着。然而,更神奇的事情还在后面呢。他们看到有两个矮小的男仆从那个小银桶中走了出来,后来又跳到桌子上,把热气腾腾的盆子放到桌子上，又准备了两副刀叉。等到他们把第一道菜布置完，并且把酒瓶和水瓶放到适当的地方之后，他们又拿出第二道菜和一些水果来，放在一个壁角里。随后，他们就又回到小厨房里去了。这小银桶很快地关闭，约翰·比爱尔和他的妻子便看不见什么了。同时，桌子上的盆子都变成了正常大小的真的菜盆了；熏鸡也是真的熏鸡，鲜美的大鱼，大酒瓶里装满了美酒；刀叉是银制的美丽的大刀叉。约翰·比爱尔和妻子享受了一顿精美的晚餐。晚餐足够四个人吃。他们坐到桌子边，津津有味地吃着丰盛的晚餐，因为他们已经很饿了。那盆菜烧肉做得很好，那盆烧鸡块也做得恰到好处。约翰·比爱尔还喝了三杯酒，遥祝风先生健康。酒是很浓烈的那种，所以约翰·比爱尔躺到床上时已经有些醉了。他上床后，便鼾声如雷。

克罗亭也上床去睡了。但是她从里边翻到外，从外边翻到里边，就是睡不着。她恨不得立刻就天亮，好去把这件怪事讲给卖牛奶的邻居知道。第二天，卖牛奶的女人瞪着大眼睛听着。她一边感叹着，一边口口声声地说克罗亭能做风先生的朋友，并且得到那只小银桶，真是好福气。克罗亭离开之后，那个卖牛奶的女人就把篮子顶在头上，带了黄油和奶酪到城堡里去了。到了那儿，她把所听到的事情，都讲给了她的厨子朋友。厨子又告诉了侍仆，侍仆在帮地主换衣服的时候，就把约翰·比爱尔的事情报告了他的主人。地主听完后，立刻想霸占那个小银桶，因此他骑上了马，径直跑到约翰·比爱尔这里来了。

地主赶到时，约翰·比爱尔刚起床，而克罗亭还没有回家；因为她和卖牛奶的女人分开后，又跑到洗衣妇那里，然后是去看她的朋友樵夫的妻子，还有她的表妹榨乳女人，把这件奇遇告诉她们。

"约翰·比爱尔，"地主说，"风先生是我的朋友，今天他跟我说，他曾经给了你一个小银桶，桶里有一个魔厨房。你现在吃的是火鸡，但住的是破茅草屋；穿的是破衣服，用的是破烂的家具，怎么相称呢？按你的情形，还不如找泥水匠和木匠来把你的房子修好，买些漂亮的衣服来穿，买些新袍子送给你的妻子，买些柜子、台布和椅子等家具来装饰你的房间。你的魔厨房就卖给我吧。我愿意付给你一万法郎。你有了这笔钱，可以建一所新房子，另外买些田地，买些牛马。这样，你就可以变成一个富翁了。"

"老爷，"约翰·比爱尔说，"我把一万法郎花光了以后，就什么都没有了。我的小银桶，可以让我一生受用不尽。"

"胡说！"地主说，"你有了一座好房子，自己种种田，还怕什么？"

"没错，"约翰·比爱尔说，"产量好的田地，确实比烤鸡更好。况且，我妻子本来就埋怨我没有向风先生要一万法郎；现在你既然给我这一笔钱，我就和你交换了吧。"

"好啊，"地主说，"你的妻子真是一个明智的女人。这是我随身带来的 1000 法郎，剩下的我会在两个星期之内付给你，我可以先写一张欠条。现在，把你的小银桶给我吧。"

约翰·比爱尔拿出小银桶，换了那放着 1000 法郎的钱袋。因为他不识字，所以他并不知道地主在欠条上写的是什么。地主拿了小银桶就走了。地主走后不久，克罗亭回来了，约翰·比爱尔把刚才的交易告诉她。她听了立刻号啕大哭，扯着头发说：

"哎呀！天啊！"她说，"我怎么会有一个这样受人愚弄的丈夫呢？我怎么嫁给这么一个笨蛋，真是太不幸了！"

约翰·比爱尔非常郁闷。"任性的女人！"他说，"你不一直怪我没向风先生要一万法郎，而要了这个小银桶吗？"

"呆子，呆子！"他的妻子回答说，"我这样说的时候，还不知道这个神奇的小银桶有多大价值。你没看见那些小矮人把盆碟和刀叉留给我们了吗？他们每天会给我们很好的银匙，我们可以拿去卖给金匠。人为什么要土地、房子和牲畜呢？还不是为了吃烤鸡？我们已经有烤鸡吃了，何必再去要耕田和养畜牧呢？庄稼会被冰雹打坏，牲畜会被兽疫瘟死；但是，我们有了这个小银桶，就什么都不怕了。地主已经让你上了当。他不认识风先生；他欺骗你，才说他是风先生的朋友。他答应在两个星期之内支付的其余 9000 法郎，恐怕不会给你啦。"

约翰·比爱尔这才知道自己真的很笨；但是他非但不肯认错，反而很生气。他说："这完全是因为你的多嘴，使地主知道了我们的秘密。今天早上，是你跑出去把这个消息散布开的！"

克罗亭也不肯认错，只是一味地痛哭。她骂丈夫笨蛋，约翰·比爱尔骂她贱妇；因此他们吵得很激烈，像其他丈夫和妻子吵架一样。但是吵完之后，他们便和好了；因为约翰·比爱尔终究是一个好丈夫，而克罗亭也是一个好妻子。

小金桶

正如克罗亭所说，地主把小银桶拿去之后，就不守诺言了；约翰·比爱尔拿着欠条跑到城堡里去讨欠款，却被赶了出来，说他没有礼貌，还敢去要地主的钱。所以约翰·比爱尔没有得到应得的一万法郎，只得到1000法郎。现在他更加悲伤和难过了，因为他听到在城堡的餐厅里，神奇的小银桶每天会做出精美的饭菜，不论地主要请多少客人，都没有问题。现在地主已经用不着厨子了，所以他把厨房里的仆人统统辞掉。在每次欢宴后，那些小矮人都会把台布、盆碟以及银质的汤匙和刀叉统统换成新的。地主虽然很吝啬，但是为了展示他的珍贵宝物，而常常宴请他的朋友。不久，他就有了许许多多的汤匙和刀叉，不知道如何处置它们。因为约翰·比爱尔受到了这件事的打击，他发誓以后再也不听地主的花言巧语了，不再上他的当了；而克罗亭也下定决心，以后决不把秘密的事情告诉朋友。可惜这些聪明的主意已经无法挽回过去的错误了。

他们把得到的1000法郎用到各个方面：请泥水匠和木匠把茅屋修理好，买了几样家具，剩下的一点钱勉强生活了一年。到了这年的年底，他们所有的钱都花光了；约翰·比爱尔也没有心思去工作。克罗亭也很忧郁，没有心思做针线和管养鸡场。回想起失去了的幸福，他们非常伤心，觉得从来没有这么悲惨过。最后，约翰·比爱尔决定再次去拜访风先生，就和妻子商量怎样才能避免风先生责难。

"这一次，"克罗亭说，"你必须在风先生吃午饭前赶到。你不能把你的蠢事告诉他，你只要说地主用武力夺去了那个小银桶。如果他问你要什么，你就直告诉他说，你还想要一个小桶，或者要一个和小桶一样神奇的东西。"

约翰·比爱尔记住了这几句话。天刚蒙蒙亮，他就穿上钉靴，拿着手杖，披上外套出发。因为他已经知道了路线，所以路上没有耽误时间，在上午 10 点钟就到了洞边。天空中虽然罩着红色的云霞，但是一场暴风雨却正在酝酿。洞窟里的小精灵们在一齐唠叨。风先生穿着他的旅行服正准备外出。他一看见约翰·比爱尔，就高声喝道：

"约翰·比爱尔，你总是在不恰当的时候来！在 15 分钟之内，我必须赶到大洋去，我要去吹沉两艘船。你最好赶快给我回去，不然我马上就把你从山顶吹到平原上去。"

"先生，"约翰·比爱尔说，"您别急着去捉弄那些可怜的船只，它们和您无冤无仇的，您先听我说几句吧。我很不幸，很倒霉。今天地主带着他那些武装的仆人到我家里来了，他们把我的小银桶抢走了。"

"不会有这种事的！"风先生咆哮道，"如果有人用武力来抢小银桶，它就会变大起来，他们决不可能把它拿到窗外或者大门外。所以一定是你自愿出卖或者送给人家的。你是一个调皮鬼，是一个说谎的人。我要是发了火，恨不得要将你的头颈都吹断了！"

约翰·比爱尔双膝跪地，"风先生，请您原谅我。"他呜咽地说，"我说了谎，完全是我的妻子让我这样说的。惹您生气，我心里很难过。"

"那么，你想要什么东西？"

"我还要一个神奇的小桶。"约翰·比爱尔说。

"把我的小金桶给你。不过你要记住，这是我最后赠予你的了。你这糊涂虫不准再到我的洞里来了！如果你再来，我准会把你的头颈扭断。"

小精灵们拿出一个美丽的小金桶和一根棍。约翰·比爱尔接过来放在怀里，急急忙忙地走了。他刚刚走出洞，暴风雨就来了。他听见风先生咻地一声从他的头顶上飞过，速度快得很。小精灵们伴随着约翰·比爱尔回家，他们一路上只是狂笑。

"他是多么幸运啊！"他们说，"他得到了小金桶，多么幸运啊！"

"是的，我很幸运，"约翰·比爱尔回答说，"你们想笑，你们就笑好了，我不管你们。"

克罗亭耐心地等着丈夫。她一看见丈夫带着小金桶回家，高兴得手舞足蹈。

"我们得到小金桶就发财了，"她说，"可以安安心心地度过下半生了。我们所用的刀叉和汤匙，再也不是银的了，而是金质的了。我们卖掉它们，拿这一笔钱买土地、房屋、城堡。即使地主肯拿出 10 万块银元给我们，我们也不可以把这小金桶卖给他。赶快，约翰·比爱尔，赶快用那根棍来敲一下吧，因为我没有准备午饭；我相信风先生一定会有好东西送给我们的。"

约翰·比爱尔把小金桶放到地板上，用那根金棍重重敲了一下。金桶的圆口打开了，一股黑烟从桶里冲出来，一直飘到天花板底下。这股黑烟变成了一个人形。约翰·比爱尔和他的妻子渐渐辨别出他的头和身体：头大得像一个南瓜，模样非常恐怖；身体大得像橡树的躯干。这个强壮的巨人手中拿着一根棍棒。他站定后，就向约翰·比爱尔走去，一只手抓住约翰·比爱尔的衣服，另外一只手举起棍棒来在他的背上打了 25 下，打得都非常重，打得这个可怜人只是惨叫。打完之后，巨人又像出来时那样，变成黑烟回到小金桶里去了。

在西山洞里

约翰·比爱尔和妻子非常懊恼。约翰·比爱尔躺在床上呻吟了一个多小时，克罗亭悲伤地哭着，小比爱罗大喊大叫。克罗亭戴上帽子，正准备出去把这次的不幸告诉那卖牛奶的女人时，地主恰巧打猎回来，正好同他的仆人和猎人们经过这里，就准备跑进茅屋里来歇一歇。

"啊，那是什么东西呀？"他说，"那个小金桶是风先生送你的新礼物吗？"

"是的，老爷，"约翰·比爱尔回答说，"我刚才拿着这个神奇的小桶回来，还不知道里面有什么东西呢。"

"听着，你必须把它卖给我。"男爵说。

"不，不，老爷，"约翰·比爱尔看了看男爵狡猾地说，"我已经把小银桶卖给你了，我已经吃过亏了。我不能再干这种蠢事了。"

"如果我出比上次更多的钱，给你 12 000 法郎，你愿意卖吗？"

"就算你给我 15 000 法郎，我也不会卖给你！"约翰·比爱尔说。

"好，那我给你 18 000 法郎怎么样？"

"我想这样吧，"约翰·比爱尔回答说，"你给我两万法郎，少一个子儿，我都不卖。"

"这个价格太贵了，"地主说，"但是我很有诚意，就多花一点钱吧。这里是 1000 块法郎，其余的我写一张欠条给你。"

"不行，老爷。你的欠条，我已经太熟悉了。这回你必须给我两万法郎的现金，否则我不会把它卖给你，因为我怕又要被你骗了。"

地主很怕失去机会，特地派了一个仆人到城堡里去，找管账的拿两万法郎。在 15 分钟之内，满满的 20 袋法郎就拿到茅屋里来了。约翰·比爱尔点了点数目，把钱袋放到橱里，外面加上锁，收好钥匙，然后把小金桶拿给地主。地主接过这宝物，就很高兴地离开了。

地主回到城堡里，把自己关在房间里试验这个神奇的小金桶。他用小棍敲了一下，里面就冒出一股烟来，变成一个巨人。巨人用他的棍子打了地主 25 下。地主的仆人们听见他发出尖锐的叫声，跑进去，只见主人躺在地板上，巨人早已回到桶里去了，房间里除了一股烟味，什么东西也没有。地主的身体不像约翰·比爱尔那么硬朗，所以躺在床上足足呻吟了两天。但是他不想让人知道他挨过打，所以对自己的意外遭遇他向谁都一字不提，反而装出得到这个小金桶异常高兴的样子。

约翰·比爱尔和他的妻子拿着那两万法郎，买些牧场和田地，还拆掉了简陋的茅草屋，在原来的地方建了一个美丽的农舍，有谷仓，有牛圈，有马棚；此外还有一个羊圈，养了一大群绵羊。约翰·比爱尔雇了些仆人和一个管磨坊的人。现在他再也不去替别人磨麦子了，只把自己收获到的麦子在自己的磨坊里磨成面粉。克罗亭买了一件绸袍子，星期天穿着到教堂里去做礼拜。等到小比爱罗长大了一些，便把他送到学校里去读书。在小比爱罗六岁的时候，知道的东西已经比他的父母多了。现在，他们的生活真是又平安又快乐！可是歹毒的地主自从花了两万法郎又挨了那顿打之后，对他们恨之入骨。他把捕获的野兽放到约翰·比爱尔的田地上，又用打猎的借口，带着他的狗、马和猎人来毁坏约翰·比爱尔的庄稼，造成田地荒芜。约翰·比爱尔虽然再三哀求，但是没有什么作用。

有一天，地主和邻近的一个地主发生矛盾，并且向他宣战。地主就用这个理由，开始向他的佃户们征收税赋。他把约翰·比爱尔也当成了他的佃户，拉他的仆人去当兵，牵他的马去运载士兵上战场。约翰·比爱尔眼看自己又贫穷了，就想起了雨太太说过的话。他也不对妻子解释，穿上钉靴、拿上手杖和绒外套就出发。他走了很远的路，才到达海岸旁边的西山洞口。洞口遮着一层薄雾，湿气从岩石缝里渗出来。长着鳍状翅膀的小精灵们在到处飞舞着。当约翰·比爱尔跑进去时，他们就把水洒在他的鼻子上，并且叽叽喳喳地说：

"让我们淋湿他，让我们来淋湿这个笨蛋。我们来打湿他的外套，我们来浸湿他的袜子吧。"

约翰·比爱尔把他外套上的领子一提，勇敢地跑进了山洞的里边。他发现雨太太四周围着许多灰白色的山川树林女仙，她们的脸上都露出一副憔悴和生病的神态，像雨太太一样。雨太太趁着仲夏时节，把她的仓库贮满了。小精灵们正在一滴滴搬运被日光蒸发的水滴——从海里、河里、树林里、沼泽里和草地里蒸发出来的水滴。山川树林仙女先把这些水滴收集在一个金杯里，然后拿来倾注到一个极大的贮水池里。雨太太看到约翰·比爱尔，就打了个哈欠，摸摸鼻子，对他很忧郁地说：

"闯进来扰乱我工作的这个讨厌的家伙是谁？"

"是我，"约翰·比爱尔回答说，"我是约翰·比爱尔。很久以前，你在我的屋子里休息的时候，曾经答应过我，你愿意照顾我的孩子。小比爱罗快七岁了，我现在来求你帮助他。他值得你帮助，他非常聪明，年纪虽小，可是已经饱读诗书了。"

"我能帮你做些什么呢？"

"太太，我是一个贫穷的农民，没见过世面，我不知道，随你的便好了。"

"你真是个十足的笨蛋！"雨太太打了一个喷嚏说，"你到这里来找我，却不知道想要什么东西。我本来应该把你赶出去，但想到你的孩子已经知道读书了，我就把我的小铜箱给你吧，还给你一根铜棍和一本金边书。如果小比爱罗不像你这样愚蠢，这些东西一定能让他得到幸福。"

于是小精灵们就拿出了那个小铜箱，还有那根铜棍和那本金边书。约翰·比爱尔把它们藏在臂下，飞快地跑着回家去了。

小铜箱

"老婆，"约翰·比爱尔回到家里，气喘吁吁地说，"喂，你看，雨太太刚才给了我一件珍贵的礼物！她跟我说，如果我们的小比爱罗不像我这么愚蠢，这箱子里的东西能给他幸福。"

"噢，天啊！"克罗亭叫了起来，"你还瞒着我一件秘密。你瞒我瞒了这样长时间！谁是雨太太？这个铜箱有什么？快说啊，我急于知道呢。"

约翰·比爱尔告诉她，就在风先生来的同一夜，他已经招待过雨太太了。她也答应要照顾他们的小比爱罗了。他刚才到西山洞里去找她，她就给了他这个小铜箱，还有那根铜棍和金边书。

"好！好！"克罗亭哆哆嗦嗦地说，"只要箱子里没有巨人跑出来打人就行了！"

"妈妈，把这本书给我。"小比爱罗说，"我看看，里面写着什么。"

小比爱罗打开了金边书，读着扉页上印着的字："雨太太编的十二幕喜剧，供孩子们娱乐，由铜箱中的神奇木偶表演。"

"这一个箱子是演木偶戏的，"小比爱罗说，"爸爸，不用怕，用铜棍来敲一下箱子吧。"

磨坊主人把铜箱放到桌上，拿起铜棍在盖上轻轻一敲。神奇的铜箱子立刻打开了，箱子前方的箱板掉了下来，他们看到一个小戏台，前面围着红色的幕布，几支燃着的小蜡烛排在台前。报幕的铃响了三次，幕启处看见台上有一个美丽的树林。一个大约五六英寸长的木偶，从后台走出来，做出各种动作，小比爱罗马上看到了这出喜剧的第一场，这一场的对白就写在那本金边书里。他跑到桌子后边，大声地读出小木偶要说的话。过了一会儿，另外一个角色也上场了，于是小比爱罗换了声调，读出他说的话。他就这样把第一幕喜剧的台词全都读完。这幕喜剧的名字叫做《魔法师梅仑的奇遇》。在最后一场结束时，那些小木偶出来向观众谢幕，然后幕落，铜箱很快自动关闭了。

"爸爸，"小比爱罗说，"再敲一下这只神奇的铜箱吧，我们一定可以看见第二幕喜剧，它叫做《骑士杰珊明和公主爱格兰丁的恋爱》。"

约翰·比爱尔拿起铜棍又敲了一下箱子，剧场又开幕了，他们真的就看见了美丽的爱格兰丁走了出来，她穿着玫瑰色的长裙。于是小比爱罗开始读台词。公主说话时，他用一种柔和的声调；骑士说话时，他用一种洪亮的声调。第二幕喜剧演完，铜箱又关闭了。但是约翰·比爱尔又拿起铜棍敲了一下，于是他们看到第三幕喜剧，叫做《飞足仙女的礼物》，约翰·比爱尔和他的妻子、孩子一直看到半夜，看完了十二幕喜剧。小比爱罗读了许多优美的台词，把嗓子都读得有点沙哑了。

"这些戏的确很不错，"约翰·比爱尔说，"可是这个剧场毕竟只是一件玩具，我不明白它怎样会带给小比爱罗幸福。"

"我明白，我完全明白！"克罗亭说，"不论什么人都会来看我们的木偶戏的。让小比爱罗带上铜箱、铜棍和金边书到附近的城堡里去给那些贵族的孩子表演。他们会款待他，还会送给他礼物，并且谁能肯定，他有一天会不会像骑士杰珊明那样，也娶一个爱格兰丁公主为妻呢？"

"完全是做梦！"约翰·比爱尔喃喃地说，接着就睡去了。

小比爱罗在城堡里

第二天，天刚蒙蒙亮，克罗亭就起床了。她戴好帽子，走出农舍，她要把这个消息告诉邻居——卖牛奶的女人。她的谈话中还涉及雨太太、西山洞、山川树林仙女、魔法师梅仑和爱格兰丁公主……她的邻居听了，以为她疯了。话虽如此，可是当卖牛奶的女人拿了黄油和乳酪到城堡里去时，她还是把这件事讲给厨子听了。厨子又告诉了侍仆，侍仆又立刻跑去告诉地主。所以不久之后，约翰·比爱尔又看见地主跑到他家里来了。

"朋友，"男爵说，"我刚才在树林里碰见了雨太太，她是我妻子的朋友。她对我说起一个铜箱的故事，还说里面有一种木偶戏，她让我找你买来给我的孩子当玩具。"

"但是这个神奇的箱子不是我的，"约翰·比爱尔说，"是雨太太送给我的孩子的。"

"好，那么我来向小比爱罗说吧，"地主回答说，"小比爱罗，你要一个木偶戏箱有什么用？这应该给像我这样的富人。你当真要放弃了工作，荒废许多时间去看木偶戏吗？约翰·比爱尔，我认为对小比爱罗来说，100块法郎比世界上所有的玩具更好。"

"你说得有道理，"约翰·比爱尔说，"但是，我妻子因为我把小银桶卖给了你，对我一顿臭骂，现在必须先和她商量一下，我不敢做主。"

这时候，克罗亭走了进来，地主起初只想拿出100块法郎来买这个神奇的铜箱，后来出1000，最后又肯出2000；但是她不答应。地主非常生气，他说因为他们拒绝他的要求，已经惹恼了他，他一定会设法报复的。小比爱罗听到这些话，就摘下他的帽子，向地主鞠了一个躬，说："老爷，我爸爸已经和你说过，这个箱子是我的。如果你和夫人不反对，我很愿意把我的戏箱带到城堡里去，让我的木偶在你们的孩子面前表演，不论什么时候你们来叫我，都一定去。"

"好极了！"地主说，"你是一个好孩子，今天晚上吃过晚饭后，你就带着戏箱过来，将来我会答谢你的。"

到了晚上，小比爱罗把铜箱放到一辆独轮车上，慢慢地推到城堡里去。夫人是一位美丽的女人，温柔仁爱，每当她的丈夫生气的时候，她会尽力地劝慰他。她有三个可爱的孩子，两男一女。小比爱罗过去，会受到热情的招待。他们疼爱他，给他好吃的。男爵夫人还拿出一些钱来塞在他的手里。

第一天，小比爱罗只让他的木偶演了第一幕喜剧，大家看了都叫好，让他明天再来。第二天，他又开演第二幕戏。这样一天演一幕，一直演了12天。十二幕戏都演完之后，孩子们要他从头再演。因此小比爱罗天天到城堡里去，回家之前，总是受到抚爱，得到糕点和金钱。约翰·比爱尔看见儿子每晚带着满袋子的钱回来，才明白雨太太送的礼物的价值。

地主的女儿玛格丽特，和小比爱罗同岁，她十分喜欢木偶戏。她长着可爱的蓝眼睛和美丽的头发。她玲珑又文雅，性格很好，这种美德比起她的美丽更加让人喜欢。小比爱罗很喜欢她，而玛格丽特小姐呢，也很喜欢小比爱罗。有一天，演完戏之后，她叹息着说："小比爱罗，你能有这样一个神奇的剧场，真是好福气啊。雨太太送给你的玩具，简直连公主都可以配着玩了。"

"小姐，"小比爱罗回答说，"我确实很幸福，因为我拥有一件能让你高兴的东西，我可以把它送给你。如果我的剧场能配给一个公主玩，那么你也配得上它了，我就真心实意地把它送给你吧。"

玛格丽特很想要这个礼物，但是她母亲却不许她接受。

"小比爱罗，"她说，"你太大方了。把这宝箱留着吧！我女儿不可以抢走你的东西。"

"让他决定好了，"地主说，"如果他愿意把戏箱送给玛格丽特，我们不要去阻止他。孩子，你放心吧，我的女儿会接受你的礼物，没有人会干涉。"

"小姐，"小比爱罗说，"这戏箱送给你了，还有这根魔棍，都给你。你不是喜欢这些木偶吗，尽情玩吧。"

约翰·比爱尔知道儿子把铜箱送人以后，非常地生气。

"爸爸，你别生气。"小比爱罗说，"我已经把铜箱和棍子送了，可是那本金边书我却留了下来，你将会看到，他们明天还是会叫我去念台词的哩！"

然而，约翰·比爱尔并不信他的话，还准备打他，幸好克罗亭一把把小比爱罗揽在了怀里。

"约翰·比爱尔，"克罗亭对丈夫说，"我们的孩子比你聪明多了；他说的话有道理。你要教训他，不妨明天吧。"

第二天，城堡里又派了一个仆人来叫小比爱罗，因为他们让他去念木偶的台词。在木偶戏表演完后，玛格丽特又叹息着说：

"亲爱的小比爱罗，如果你不把金边书送给我，你的美丽的礼物对我是没有意义的。"

"那好，你拿去吧，"小比爱罗回答说，"我之所以留着它，是为了我可以亲自把剧情告诉你；现在你既然想要它，我很愿意把它送给你的。"

约翰·比爱尔知道了儿子把金边书也送人了，很是恼怒。

"爸爸，"小比爱罗说，"我不能让玛格丽特小姐不高兴啊。我希望我们会因此得到幸福。地主不要再来践踏我们的土地了，地主夫人将会知道我们的好意，我会得到世界上最可爱的小姐的友谊了。"

　　然而约翰·比爱尔一定要打他的儿子，克罗亭又把小比爱罗拉开了。她说："约翰·比爱尔，不如我们等等看，至少你得等等，看看孩子说的话能不能应验。"

　　但是，第二天城堡里的仆人并没有像往常那样来。

　　"他们不需要我了，"小比爱罗说，"他们已经忘记我了。这些我毫不在意，因为我已经让玛格丽特小姐得到了快乐。"

木偶戏

　　小比爱罗再也不到城堡里去了，并不是玛格丽特的原因，她很希望让他去读台词。但是地主回答说："最好叫孩子的女教师去读，这样就可以避免孩子们和小比爱罗在一起。"那个女教师是一个老妇人，鼻梁上戴了一副大眼镜，她说话慢吞吞的，而且还带着鼻音，剧本里所有精彩的地方都被她破坏了。孩子们吵着要小比爱罗来，玛格丽特更伤心，因为她曾经向小比爱罗要了那本金边书。

　　有一天，附近一个大地主的女儿到城堡里来，他们想要让她快乐，就请她看了一幕木偶戏。没等她说完她的惊羡和兴奋，玛格丽特就开口说：

　　"我的朋友，既然我的戏箱能使你这样欢喜，我很愿意把它送给你。你拿走吧。"

　　那地主的女儿接受了这件非常珍贵的礼物，她温柔地拥抱着她的朋友，带着铜箱、棍子和金边书回去了。这时，地主正在外面打猎，当他回来听说玛格丽特已把铜箱送人，很气愤，就想教训她。但是夫人拦住了他，说："我们玛格丽特的大度，是一种少见的好品德，我不愿她因此受到责罚。"

　　但是，孩子们没有了戏箱，心里十分懊恼。对于那些普通的游戏，他们再也不感兴趣了，从早到晚他们只是伸懒腰，打哈欠，没有一点精神。

　　"至少，把小比爱罗留在这里，"他们说，"他会讲骑士杰珊明和公主爱格兰丁的故事。"

　　最后，他们还是找来了小比爱罗。

"朋友们，你们不要郁闷，"小比爱罗对孩子们说，"你们把神奇的木偶戏箱送出去，做得很好。你们不能懊悔自己的大方行为。你们要知道，我在一个木匠那里打工，我很愿意亲手为你们做一个木偶戏箱。当然，我做出来的可能没有以前那个戏箱那么精美，而且那些小木偶也不会演得那么好；但是，我能记住那个骑士杰珊明的整个故事，我仍然可以为你们念台词，如果我有什么地方记不住了，我可以用我自己的话来补全。"

于是，小比爱罗找来了木匠的工具，他先锯了几块木板，做成一个小戏院，戏院有后台和列灯，全都完美。他把布景画在纸上。又在一个空的糖果罐头瓶子上画了些石头，当做城堡里的一个宝塔。当他忙碌的时候，夫人就用旧衣服做了几个木偶，剪了些绸缎和纱布穿在小木偶的身上。杰珊明骑士穿着一件美丽的白长袍，爱格兰丁公主穿了一身玫瑰色的绸衣。

其余的角色也已经做完了，而且每个角色的头顶都系着一根细铁丝。台上的幕布是用旧梳妆衣的红色夹里改成的。蜡烛点亮了；小比爱罗把他的木偶演员都布置好了，然后拍了三下手，于是戏就开始演了。

骑士杰珊明和公主爱格兰丁

雨太太 著

——三幕木偶喜剧——

剧中人

阿泰英国国王（声音低沉）

爱格兰丁阿泰的女儿（声音清脆）

克立斯坦丹麦王子（声音洪亮）

杰珊明骑士（声音自然）

巴格兰德公主的侍女（声音响亮）

格尔登司顿 丹麦的一个大将（声音粗鲁）

英国大臣和丹麦士兵

曼那日里狮子

附注：表演丹麦军队可以把 12 个木偶放在一起由一只手操纵。

第一幕

背景英王阿泰王宫里的花园，在伦敦。

第一场

（注意在开始的三场里，公主没有表演，可以挂在一只钉子上。）
人物爱格兰丁和巴格兰德。

巴格兰德

亲爱的公主，请你不要用后背对着我。请你看一看我吧，我是你的朋友巴格兰德。请把你的烦恼告诉我吧……你不回答吗？你在这花园里已经等八天了，连嘴都不肯张一张，也不吃饭。这样会伤害身体的！看你的脸色都白了。你这么长时间一声不吭，一定很悲哀。至少你得活动活动你的手指，使大家能知道你是死是活。今天，你的未婚夫到宫中来……啊！你怎么说的？我好像听见你一直在叹息。是不是这个婚姻让你很痛苦？然而，克立斯坦王子是一个很可亲的人。他从丹麦带了些华美的礼物送给你，可是你连看都不看一眼。你至今还未曾见过他，你怎么会不喜欢他呢？来吧，小姐，不要像石像那样一动不动。国王，你的父亲，看见将要发怒；他知道你不肯遵从，就会要把你关起来。我告诉你，他现在迈着大步子，向这里走来了。我要走了，因为我看见他的身体摇摇摆摆地在发火呢。

（巴格兰德下）

第二场

爱格兰丁和阿泰国王。

阿泰国王

不知好歹的姑娘！你始终不吭一声吗？你不能稍微动一动嘴，回答你父亲的问题吗？把你伤心的原因告诉我吧。说啊，我在等着听……你不肯说吗？你这种固执真让人难堪！我是没法容忍了，孩子，你要注意！不要让我生气！你会后悔的。克立斯坦王子已经从丹麦来了，他要来向你致敬。快准备去迎接他。他正在向这边走来。我告诉你，爱格兰丁，他要跟你说话，你要马上回答他。

第三场

爱格兰丁、阿泰国王和克立斯坦王子。

阿泰国王

过来，女婿。我的女儿和我一样高兴在伦敦见到你。

克立斯坦

（鞠躬）独一无二的公主，大不列颠之花！我以我王室的身份，代表全丹麦的人民向你致敬。现在我们两国之间战争永远消失了。我是一个勇敢的武士，从今往后，当我拔出宝剑的时候，就是向你欢呼的时候，你是美女中的美女。（旋转一下）

国王

（向他的女儿私语）向他行礼，爱格兰丁，回答他。（声音提高）克立斯坦王子，我的女儿听到你这么优美的话，感动得不知说什么了。请你原谅她的害羞和无知。请你暂时离开这儿，让我来劝劝她。

克立斯坦

陛下，遵命。我要回去了，等独一无二的爱格兰丁肯开口时我再来。（他出去时旋转几下）

第四场

阿泰国王和爱格兰丁。

阿泰国王

太不听话了！难道你要让我绝望吗？你看，你让我陷入这种进退两难的地步。如果我跟丹麦王子坦白我的女儿已经变成像一座雕像那样毫无生气，那我还有什么脸面见人呢！我将会气得病倒啦！你应该被关在一个卫城中的黑暗土牢里，跟蜘蛛和蛐虫关在一起。但是我决定先为你举行婚礼，我将要派人来领你到教堂里去。如果你不肯说出"是"字来，我会替你说，强迫你结婚。

爱格兰丁

（跪在国王的脚边）啊！陛下！请你尊重你的女儿吧。不要强迫我嫁给丹麦王子，我很讨厌他。否则，你将会看到我死在你的面前。

阿泰国王

那么，这就是你默不作声的原因吗？你为什么要讨厌这位年轻的王子呢？他长得不是很丑陋。他说自己很勇敢、很机智的。

爱格兰丁

陛下，我怕见到他，如果他真的机智和勇敢，他就不会自己说出来。你难道没看出他的自负和转圈圈儿吗？

阿泰国王

转圈圈儿也不是错啊，因为转圈圈儿在剧院里是要喝彩的。这足以表示安闲、优雅和教养良好。

爱格兰丁

总之，陛下，如果我明明白白地证明给你看，这个年轻的王子只是一个夸夸其谈的笨人，你会不会允许我不嫁给他呢？并且，你要知道，仙女们是反对这桩婚姻的。

阿泰国王

哦，天啊！这里还有秘密可谈吗？如果仙女们出来干涉，让我们怎么办呢！还有你怎样去证明这个王子是一个夸夸其谈的笨汉呢？

爱格兰丁

等我证明给你看吧，现在你叫他来吧。

阿泰国王

（大喊）来啊，克立斯坦王子，我的女儿想和你说说话，她好容易才肯讲话了。

第五场

爱格兰丁、阿泰国王和克立斯坦。

爱格兰丁

尊贵的王子，在结婚之前，我应当告诉你一件怪事，那是发生在我出生的时候。我的保姆正抱着我，忽然看见墙上出来一个仙女。仙女用她的棒子来触我，还送给我几件礼物。最后她对我说我将要嫁给一个武士，他能够和我斗智，并且在我们举行婚礼的那天挽救我的生命。

克立斯坦

漂亮的爱格兰丁，我丝毫不担心这种预言。我十分愿意我们先来斗斗智。我的大臣们说过我是充满智慧的。你有什么危险吗？我准备救出你来。（他摇晃一下身体，转了几个圈子。）

爱格兰丁

今天，那位仙女一定会给你一次机会，让你来救出我。至于斗智，我应该尊重我父亲的意见，简化为一个极简单的试验，我将要出一个谜语让你猜。要是你猜对了，我们就结婚，要是你猜不对，那我就没办法做你的妻子。有一种花，生命很短，独自开放的时候没有香气，但和别的花放在一起就会充满幽香，而且还会向周围的花放射出一种特有的光辉。但是它却是偏偏最先枯萎的那一束，别的花则活得比它长久。一个虚荣的美丽的妇人喜欢用这种花来做装饰，相反一个较为聪明的妇人却宁愿用别的花。现在请你告诉我这是一种什么花？

克立斯坦

亲爱的爱格兰丁，我对于植物学不是很精通。但是如果你肯给我点儿时间，让我在花园里静静想一想，我一定能猜出这是什么花来。

爱格兰丁

王子，你去吧。我等着你的答案。

（克立斯坦摇晃着下）

阿泰国王

我亲爱的女儿，你怎么知道王子能猜出这是一种什么花呢？我花园里的花很多，连我自己都不知道。

爱格兰丁

如果他想和我结婚的话，他一定会猜出这个谜语。因为仙女最后说："如果爱格兰丁所嫁的王子猜不出这个谜语，挽救不了她的生命，她将会化为石像。"亲爱的爸爸，你已经看见我今天早晨几乎失去了说话的能力。所以你千万要注意，你不能反对仙女说的话。她的预言一定会应验的。

阿泰国王

是什么样的预言啊！只是看见你哑了，我多少还有点安慰。但是如果你真的变成了一个石人，这种痛苦是极难忍受的。我很难过，我要跑到我的小屋里去哭个痛快。（国王下）

第二幕

背景花园的另外一部分。

第一场

爱格兰丁和骑士杰珊明。

骑士

公主，我听说了一个消息，今天你要嫁给一个外国人是吗？你已经答应选择我做你的丈夫了。但是，天啊！我只是一个贫穷的骑士，而你会去做丹麦的王后。看来我是完全没有希望了。我来这里是和你告别的，并且想和你见最后一面。我明天出发到圣地去，将会在和土耳其人的战斗中，得到我葬身的地方。

爱格兰丁

凶残的人！我正在辛苦地想办法赶走你的情敌，你怎么能对我说出这样的话呢？你与其到巴勒斯坦去，还不如决定来做我的帮手。

骑士

美丽的爱格兰丁，如果做你的帮手，我能做些什么呢？我什么事都可以做，赴汤蹈火我在所不辞。我能和狮子格斗，我能用我的宝剑把毒蛇和恶龙斩成碎片。

爱格兰丁

你所应做的，照仙女所吩咐的，只是等机会来挽救我的生命。你必须保持镇定，不能这样在树木和花台上面跳来跳去。见到你的情敌，必须谨慎和忍耐。

骑士

啊！公主，可是我怎能耐得住呢？爱情会使我龙飞凤舞；而妒忌和不安也会使我狂跳的啊！我是耐不住的啊！

爱格兰丁

如果你喜欢，那你就跳吧！你这么做，所有的人都会明白你的爱情和妒忌，所以有人会去报告我的父亲，他就会把我幽禁在卫城里。这么一来，你永远不能做我的丈夫，我会悲伤而死。

骑士

啊！亲爱的爱格兰丁，不听你的话，真是一个不可原谅的错误。我为了得到你，我会变得理智些。你看吧！我已经止住我的跳跃了，我的脚要站得很稳定。只有爱情能够改变我的性格。因为我刚才听见了你说的迷人的话才给了我热情和希望，不管怎样，请你允许我跪在你的脚边，让我吻一吻你的玉手。

爱格兰丁

不行，骑士。那是不可能的。并且，你衣服上的金袖章，会把我衣服上的锦绣钩住的，我们不能把它们分开；这样，人家就会看出你曾经跪在我的脚边了。但是你过分的眷爱，使我非常感激。再见吧，骑士。我要到我的化妆室里去休息一会儿，因为我觉得我十分激动了。

（爱格兰丁下）

第二场

杰珊明、克立斯坦（正追一只蝴蝶）。

骑士

（旁白）那个追蝴蝶的陌生人是谁？我要静静地看看他。

克立斯坦

它停在一株花上，这是一株郁金香。这只蝴蝶应该知道那个谜语。我要去对公主说，那神秘的花是一株郁金香……啊，那边有人来了。

骑士

（走近）先生，你是一个外国人吧？

克立斯坦

是的，先生，我是丹麦王子的仆人，我很希望和你交朋友。我正在猜一个谜语，你也许能够帮助我猜出它。有一种花，把它放在别的花中间，它会加倍地美丽。一个爱虚荣的美丽的妇人，不喜欢别的花，偏偏喜欢这种花，但是一个聪明的妇人却特别喜欢别的开得长久的花。这是什么花？

骑士

这一定是"少年"，先生。少年的风采，当德才兼备时，就加倍地美。而别的花还开着，风采却早已成为过去。轻浮的女人不喜欢别的优点，只有漂亮；聪明的女人宁愿要才和德，因为少年是永存的。

克立斯坦

我很感激你，先生。你说得很对，就是那个东西。我这就去找国王和

公主。太开心了！我已经猜出这个谜语了。哦！一个丹麦王子猜到了谜底，多么幸运啊！（克立斯坦转了几个圈儿下）

第三场

骑士

（独自一人）他说什么？……去找公主？……猜出了这个谜语？天啊！我不是拿着武器自己打自己吗？真的是丹麦王子吗？我想一定是的，我没有办法了，只好自己去溺死了。妒忌已经撕碎了我的心。虽然我已经答应了美丽的爱格兰丁，但是我不能够掩饰我的热情。真是苦恼啊！（他跳过树木和花丛）我忍不住了。爱情让我无法清醒。我要去，我要跑去找公主，并且要比我的情敌先赶到那里。

第三幕

背景城堡

第一场

国王和几个大臣、克立斯坦王子、骑士杰珊明站在卫城顶上，爱格兰丁站在城堡底下。

爱格兰丁

哎哟！我该怎么办啊，丹麦王子已经猜出这个谜语了。现在只等他来挽救我的生命，并且和我结婚。仙女已经到化妆室来看过我，让我不要害怕。但是，如果这就是预示我要和这个令我讨厌的克立斯坦王子结婚，那么我将要变成最不幸的王后了。这事我决不同意！我宁愿变成一座石像。

阿泰国王

（在城堡顶上）女婿，从城堡上眺望四周的景致吧。你看这广阔的平原，远处的大海。多么美丽啊！

克立斯坦

陛下，这里真是太美丽了。我们呼吸着这种清新的空气，可以让我们喝喜酒来增加一点食欲。待会儿我们再来猜几个谜语作乐，我很喜欢这个游戏。

爱格兰丁

天啊！我看见那骑士在那里像疯子一样跳跃着。仙女已经走了。唉！可怜的爱格兰丁，现在你只有一死了之了！

第二场

人物同上

（巴格兰德跑步上。）

巴格兰德

小姐，快跑快跑！动物园里的狮子冲出了笼子，朝着这里跑来了！如果你不立即逃走，它会吃掉你！（跑步下。）

爱格兰丁

救命！救命！那只狮子冲出了笼子，冲过来了！它正向我冲来！我死定了！它会吃掉我！救命！亲爱的爸爸！

阿泰国王

（在城堡顶上）等一等，女儿。我这就带着我的卫兵下来，杀死这只狮子！

爱格兰丁

哎哟！爸爸，你下来还得用好长时间，狮子却离我很近了。它完全可以轻轻松松地吃掉我。快来啊，否则，我就没命了！

阿泰国王

可怜的女儿，我已经不年轻了，不能跳下20丈高的城墙了。

爱格兰丁

克立斯坦王子，现在请你要抓住这个挽救我生命的机会，快点从城堡上跳下来吧。

克立斯坦

公主，你想，如果我跳下去，会跌断我的手脚。那我怎么去杀死狮子呢？

爱格兰丁

那么，骑士，亲爱的杰珊明，我儿时的伙伴，你会让这只可怕的狮子把我吃掉吗？它在咆哮啊！（狮子在后台咆哮，跳跃着出场。）

骑士

（在城堡上）公主，请你放心。我这就跳下来救你，就算我粉身碎骨也愿意。（他从城堡上跳了下来，冲到狮子跟前，把它杀死了。）

爱格兰丁

骑士，你救了我的性命，你就是我的丈夫。但是，唉！丹麦王子怎么能猜出我的谜语呢？

骑士

是我猜的。刚才是我告诉他答案的。

爱格兰丁

哦！我是多么幸福啊！仙女没骗我！你将要成为我的丈夫。现在，骑士，你可以跪在我的脚边了，即使你的长袍会钩住我的绣服，也没有什么关系。

克立斯坦

想不到骑士杰珊明竟然比我还要勇敢。既然他已经跳了下去，那我也必须要跳下去。（他草率地跳了下去，结果一动也不动地躺在城堡底下了。）

阿泰国王

哦！多么不幸的灾难啊！王子已经摔破了头，我很担心哪，因为没有一个人能够医治他了。我们也曾经看到过，有些父亲会把他们的女儿嫁给一个没有头的男人，去模仿他们是愚蠢的。啊！我远远望见一队士兵在赶来。这是丹麦人来为他们王子的惨死报仇啊！唉！还没等我走到城堡底下，他们就会把我整个王国都蹂躏一遍。我已经听见他们开始攻击的号声。

（号声）

骑士

陛下，我已经作好去和他们打仗的准备。我会打败他们，把他们撵回自己的国家去。

第三场

人物同上，加上格尔登司顿大将（统率着一支丹麦军队）。

格尔登司顿

还我们的王子，不然我将要烧毁这座城市，杀死所有的居民。

骑士

你们的王子这不在这儿吗。把他带走，离开这里吧。

格尔登司顿

我不接受一个死王子，我要一个活着的克立斯坦，有一个完好的头，不是摔破的。既然你们摔坏了我们的王子，你们必须给我们另外一个作为补偿。

骑士

是他自己摔破头的！马上给我滚出去，外国流氓，不然，你们不妨来和我决斗。

格尔登司顿

士兵们，给我打他，围住他，杀死他！丹麦万岁！报仇！报仇！让我们来抢掠伦敦城。

骑士

住手！英国万岁！（他冲到丹麦士兵中间，把他们击溃了。）陛下，我们已经胜利了。

阿泰国王

（从城堡上）勇敢的杰珊明！我的女儿应嫁给你，我将她许配给你。等我走下城堡，你们就可以结婚了，你将要成为我的继承人。但是恐怕丹麦人将要和我们发生一次大战了。

爱格兰丁

亲爱的爸爸，不要紧，不会发生战争了，因为这出戏已经结束了。幕布马上落下，蜡烛也在熄灭。只是我们现在没有充分的时间来向观众们告别，并且请求他们原谅我们方才所说过的一切无意义的话吧。

小比爱罗救玛格丽特

这幕喜剧演出之后没有几天，地主的孩子陪着他们年老的女教师出去散步了。这位慈祥的妇人坐在草地上，而孩子们不是在做游戏，就是在草地上跑来跑去。这位女教师为了休闲，戴上了眼镜，并从口袋里掏出一张报纸，聚精会神地读起来，很有兴致。

不一会儿，她睡着了。

就在这时候，有两个孩子已经爬到树上去摘苹果，而玛格丽特却在草地上散步，采野花。她来到一条小溪边，看到河水静静地从草丛中间流走。在一个长满荆棘的篱笆旁边，有一条小道，小比爱罗在道上走，他忽然听见一声响亮的喊声，他停下来细听。原来是玛格丽特求救的声音。

"啊，太可怕了！"她惊喊道，"草里有一条大蛇，要咬我。哥哥，老师！快来救救我啊！啊啊！他们听不见我的呼救声，我真要被它咬死了！"

这时小比爱罗大步跨过那个荆棘篱笆，跑到草地上去了。

"不用怕，小姐，"他说，"那不是毒蛇，是一条小青蛇，只要你不惹它，它是不会来咬你的。但是你既然看见它害怕，我就杀死它吧。"

说完，他就提起脚，把小青蛇踩死了。

"你真厉害！"玛格丽特说，"陪我到城堡里去，我要告诉妈妈，是你救了我。"

"这没什么了不起，小姐，"小比爱罗说，"现在我必须到我的木匠师傅家去了，但是待会儿我会到城堡里来看你的。"

"朋友，你去忙你的吧，"玛格丽特回答说，"我会永远记住你这勇敢的行为。让我们拥抱一下。因为你今天看起来很是干净，我看见了也很快活。"

小比爱罗在小姑娘的脸上吻了一边一下，玛格丽特一边吻他一边对他说：

"我希望你将来会成为我的杰珊明，而我会做你的爱格兰丁。"

第二天，夫人来到农舍里。她也拥抱小比爱罗，并且送给他一箱木匠的工具，还有一打羊皮封面的书。

夫人走后，小比爱罗高兴地翻起书来，他认真阅读，他想让他自己变得聪明起来。不久，他把书里的全部内容牢牢记住了。凭他现在的学问，他完全可以当村子里的小学教师了。

小比爱罗在每天晚上睡觉之前，都要朗诵一段短短的祈祷词：

"但愿圣母实现玛格丽特的愿望，将来有一天，我会成为杰珊明骑士，她将成为我的爱格兰丁。"

风先生被拘禁

一天夜里，约翰·比爱尔和妻子一起安静地坐在屋里火炉旁边。他们把门窗关好了，然后高兴地谈论着地主夫人的馈赠，并赞叹着现在的安乐，忽然听见风在屋外咆哮的声音。小精灵们找不到一个能钻进屋子里来的缝隙。然而克罗亭仔细听了听，他能够隐约地听出他们的声音。

"冷酷的约翰·比爱尔，"，他们说，"你依靠我们才有了今天，可是你却连一个让我们躲避的地方都不留给我们。没有一点破碎的玻璃，也没有极小的缝隙让我们叹息和呻吟！"

"是风先生要到我的家里来吗？"约翰·比爱尔惊愕地说。

"那没有什么坏处的，"克罗亭说，"他想进来，就让他进来吧。可能我们还会得到像上一次那样的报酬呢！"

克罗亭说完，把所有的门窗都打开了。风先生就旋转着冲进了屋子。他的长袍下摆飘起来贴到了天花板上，他的两个大翅膀占了半个房间。

"喔！"风先生声音粗俗地说，"这里的情形完全改变了！约翰·比爱尔先生，你交了好运，你的屋子宽敞得像侯爵的宅邸。约翰·比爱尔，请给我一张带靠背的椅子，让我坐着休息一会儿行吗？"

风先生放声大笑，震动了玻璃窗，也惊醒了小比爱罗。"天哪！"风先生兴奋着说，"躺在这把椅子上太舒服了！哦，约翰·比爱尔，你真是太好了。我原谅你的过失，我非常感谢你客气的接待。但是你现在已经是富人了，我就不用再给你什么东西了。朋友，有机会再见吧！"

正当风先生准备飞出去的时候，小比爱罗已经偷偷地从床上溜下来，把家里所有的窗门统统关上了。

风先生立刻两腿摇摆着走了回来，躺倒在靠背椅上。他肥胖的脸颊慢慢地凹陷下去，他宽阔的胸膛变小了，他的身体也逐渐消瘦下去，而他的翅膀也小得可怜。他真想哭喊出来，但是他的喉咙里只能发出无力的哼哼声。

"亲爱的朋友,,"他说,"别留下我。你们留下实在是恶作剧。我会闷死的,让我呼吸点清新的空气吧!请可怜可怜我,把门窗都打开吧!你们也不想把我闷死吧?"

"风先生,放心吧,你不会死的,"小比爱罗说,"我们只是暂时把你留在这里,你如果要出去,就得和我们谈判。"

"好人啊,"风先生回答说,"我能做些什么呢?"

"我要很多的钱。"约翰·比爱尔说。

"那个被关在小金桶里的巨人,用他的棍子毒打我们,"克罗亭说,"我们必须要求赔偿。"

"我呢,"小比爱罗说,"我想成为一个骑士或男爵。"

"我真是太不幸了,"风先生喃喃地说,"我为什么要跑进这个屋子里来。朋友们,我愿意给你们很多的钱和小魔桶;但是要让你变成骑士或男爵,只有国王才有这个权力。放了我吧!"

"你不准走,"克罗亭说,"小比爱罗说的很对,你必须为我们办到。"

风先生又作了一次抗争,他想方设法逃走,但是约翰·比爱尔、克罗亭、小比爱罗开始向他反击,这时候他已经很累了,所以丝毫不能抵抗了。

他们把他深锁在一间更密不透风的小屋里,这间小屋只有两扇门。

约翰·比爱尔拔出钥匙,立刻用油灰塞住这个钥匙孔,这时候屋外嘈杂的声音没有了。被风先生赶走的骤雨,立刻落了下来。乌云不能再飞起来,树上的叶子已经停止摇动,磨上的风帆也不动了。

雨太太被拘禁

约翰·比爱尔和他的妻子还有孩子在一起商量,怎么才能从风先生那得到一笔巨额赎金。这时,只听见雨水不断地和小精灵们在屋顶上闲谈。

"这个忘恩负义的家伙"小精灵们说,"我们让你发了财,你却不让我们进你的屋。我们从瓦上滑下来了,从下水管中流到水沟里去了。你的房子没有一块破碎的玻璃,墙上也没有窟窿了!所以我们再也不能淋湿你的家具,再也不能跑到你的房里来了。像我们这样小的雨点儿,即使落下几千几万滴也毫无用处了。"

"是不是雨太太也要到咱家来了?"约翰·比爱尔问。

"让我们立刻为她打开窗户吧。"克罗亭说。

窗户一打开,雨太太就钻了进去。一行一行的泪珠从她的眼睛里流了下来,她的衣服更湿了,她伤了风,鼻子也变得更肿了。

"这里发生过什么事?"她带着一种哀伤的声音问,"我没来过这个屋子。约翰·比爱尔,请给我一把好椅子吧,让我在这里好好地休息一会儿。我认为是我给你带来幸运的。小铜箱和金边书帮助了小比爱罗。你们现在不需要我帮忙了,所以我要去帮助别人了。朋友们,有机会再见吧!"

当她正要从窗户溜出去的时候,克罗亭赶快把窗都关好,把两边的窗帘拉上。雨太太也退回到靠背椅前,瘫坐在上面。她不哭了,肿胀的鼻子也瘪下去了,她的衣服干了。"哦,真倒霉!"她急促地说,"我被你们囚禁了。朋友们,我不想死,你们不能把我关在这里。我要渴死了!救救我!救救我!请你们可怜可怜我,打开窗户吧。"

"雨太太,别担心,你是不会死的,"小比爱罗说,"你要恢复自由,就应该付出代价,不然的话,我们不会放你出去。"

"什么!天啊,你们要我付出什么代价呢?快点儿说,我挺不住了。"

"不会的,"约翰·比爱尔说,"我可以在你的脸上浇一杯冷水。克罗亭在她疲倦的时候,我就是用这个办法来帮她的。你必须和我们谈判。我要向你要一些钱;克罗亭想要一件具有魔力的礼物;而小比爱罗想要成为一个男爵。"

"我可以给你们钱和具有魔力的礼物,"雨太太说,"可是小比爱罗却不能成为一个男爵,除非他自己立下赫赫战功。快放我走吧,我真是个鲁莽的笨妇人,我怎么会跑到陷阱里来!"

雨太太大声地呜咽着,把手放到眼睛旁边想找出一滴眼泪来,可是眼眶里却没有一滴泪水。于是她又努力地反抗,想逃出去。但是约翰·比爱尔突然举起一把伞,克罗亭拿起一只热水锅,而小比爱罗拿了一个放在火炉上烤干的毛巾,扔到雨太太缩小的鼻子上。雨太太立刻就晕倒了,克罗亭赶快把她扶起来,扔在了洗碗用的石槽里。他们听见了她溜进水管,然后落到水池底的声音。约翰·比爱尔慢慢地盖上了盖,又在盖上放上一块扁平的大石头。

这个时候，水管里已经没水了，外面水沟里也没有了流水的声音了，树叶已经干枯，落在土地上的雨水也统统被吸尽，密云也不见了，皎洁的月光洒满了遥远的平原。

风先生的差使

就在那个时候，诺曼底的公爵威廉想要征服英国，于是他调集了全部士兵，并且号召自愿参战的各地地主都聚集在他的旗帜底下。

那位地主本来早已厌倦城堡里的生活，所以他决定参战。因此他就到喀恩，加入了威廉的部队。他们的部队安置在许多小船里，开到英国登陆。英国指挥官哈洛特王子也在伦敦集结了他的部队，准备出去迎战，誓死捍卫他的国家主权。双方的军队在哈斯丁斯的平原上接上了头，一场可怕的战争就要打响了。

在这个时候，地主夫人惦记着她丈夫的安危，心里很着急，而且她也没有收到过丈夫的来信。孩子们看见妈妈这样难受，也不敢在一块儿玩耍了。玛格丽特小姐想起爸爸可能遇到了危险，总是哭泣。有一天，小比爱罗到城堡里去时，他看见每个人都忧心忡忡的。

"太太，不要烦恼，"他说，"你，亲爱的玛格丽特，擦干你的眼泪吧；在一个小时以内，我们就会得到老爷的消息了。"

小比爱罗跑回农舍，走到关押风先生的密室里，发现他正昏昏沉沉地躺在一张沙发上睡觉。

"风先生，快起来，"小比爱罗说，"我有一件非常重要的事情要你帮忙。你愿意被释放到海面上去呼吸新鲜的空气吗？"

"愿意，"风先生回答说，"我很高兴能去做这件事，这可比在这个可怕的牢狱里待着舒服多了。"

"那好，"小比爱罗说，"我给你一个小时的时间。但是你必须答应我一件更重要的事情，在一个小时之内你必须赶回来。"

"什么事情？"风先生说，"快点儿告诉我，快点给我开门吧。抓紧呀，我已经准备动身了。"

"再等一小会儿，"小比爱罗说，"你不能就这样一去不返。首先你必须得答应我在一个小时内回来。"

风先生答应了。

"现在，"小比爱罗说，"我要你到英国去。你立刻飞到威廉公爵的军营里，去查看一下那里的情形，并且把老爷的消息告诉我。"小比爱罗刚打开门，风先生就吸了一口气，胸胀得鼓鼓的。然后他展开大翅膀，呼啸着冲上天空。

他去了大概有一小时的时间，小比爱罗已经看见他回来了。

"喔，"风先生说，"这次旅行对我来说真是很舒适啊！我玩得痛快极了，双方军队在哈斯丁斯平原上开战了。威廉公爵胜了，而哈洛特却被杀死了。我要走时看见诺曼底人已经赶到伦敦了。老爷这次打仗非常勇敢！他现在很得意，公爵为了奖励他的勇敢行为，答应奖给他土地和爵位。"

"太好了，太好了，"小比爱罗一边说一边关起门说，"很感谢你能返回，现在你休息一会儿吧。"

小比爱罗飞跑到城堡里，向夫人和孩子们报告了这个好消息。

夫人拿出许多糕点和糖果酬谢他，并且允许他每天到城堡里去看玛格丽特。

小比爱罗到伦敦去

时间过得很快，转眼小比爱罗已经 15 岁了。他长得高大强壮，他很想到英国去谋生。于是他去向男爵夫人告别，又跟那些孩子们一一拥抱了一下。他们送给他一套行李，还有些钱、粮食和一匹马。玛格丽特送给他一块自己亲手刺绣的漂亮的手帕，作为他们友情的见证。小比爱罗祝福她前途美好，克罗亭抱着他痛哭起来。

"母亲，别哭了，"小比爱罗说，"等我以后做了富翁或大勋爵之后，我就会回来的。你只要记得，别让风先生和雨太太逃走就可以。你要每天派他们到英国来，这样他们可以把我的消息带给你。我会好好地利用他们，让他们替威廉公爵做点事情。"

克罗亭答应儿子一定照做。

于是小比爱罗骑上马出发了，他把玛格丽特亲手绣的手帕紧贴在胸前。他走了三天才到了喀恩。在那里，他遇到了几个要到英国去的诺曼底人，他们邀他和他们同去。克罗亭把风先生适时地放了出来，吹着他们的船帆。小比爱罗离家半个月后，就抵达了伦敦，住进一个小客栈里，等着机会到王宫里去。有一天，他在窗户边呼吸新鲜空气，望见风先生正向他飞来。风先生到了窗边，说：

"小比爱罗，你母亲让我来看看你，并且让我问问你要不要我帮忙。请你吩咐。"

"请你替我谢谢我的母亲的关心，"小比爱罗说，"请你转告她我现在十分快乐。我今天没有什么事让你做，但是你明天一定记得来一次。"

雨太太不如风先生走路快，所以她下午才抵达了伦敦。

"有什么事让我帮忙吗?"她问道。

"今天没有，"小比爱罗回答说，"但是明天你切不可忘记，再到这里来。"

一个快乐的结束

威廉公爵将他的妻子马第尔达公主留在喀恩之后，心里很想念她。他每个星期都会派一个大臣去看她。但是有一次，大臣去了好几天都没有回来，关于她的近况，他一无所知。小比爱罗来到公爵那里，跪在他的脚边，说：

"老爷，我身边有一个信差，他比你的手下更能干。你如果把传递消息的任务交给我，我可以每天把喀恩宫里的消息报告给你。"

公爵表示愿意试一试小比爱罗的工作情况。第二天一早，风先生在老时间赶到了，小比爱罗立刻让他去喀恩去打听公爵夫人的消息。不大一会儿，风先生就回来了，把公爵夫人早上所做的一切都告诉了他，小比爱罗都知道了。当他把这些琐事都告诉公爵之后，公爵很好奇，就想永远用这样一个又能干又敏捷的信差来传递消息。因此他让小比爱罗住到他的城堡里来，每天只让他为自己效劳。

其他贵族也请求他来打听他们妻子的情况。其中有些人从小比爱罗那里打听了许多他们所不知道的事情，所以他们就放弃了这个传递消息的方法，仍旧寄普通的书信。然而，小比爱罗靠着这种职业，已经得到了许多钱财。他攒了10块法郎，并把钱送给了他的父母，让他们去购买一座附近的城堡。他又写了一封极热情的信给玛格丽特，告诉她自己只要再前进一步，他就会变成像杰珊明那样的骑士了。

过了不久，威廉公爵成为英国的国王。他赢得了这场胜利，激动成分。当他正准备太太平平享乐的时候，得知丹麦人和萨克逊人分别派了一批舰队来抵抗他。于是威廉立刻准备调动兵马，来抵御他们的侵袭。小比爱罗来到国王面前，说：

"陛下，你不用这样兴师动众。我保证在丹麦和萨克逊的舰队到达英国海岸之前，就歼灭他们。你一艘军舰也不用调出。"

"难道你是一个小巫师吗？"国王笑着说。

"不，陛下。我是一个虔诚的基督徒。请你相信我，在一天之内你的敌人就被消灭。"

"好，我就等你一天，然后再发备战令。"

第二天一早，小比爱罗就站在窗户边等风先生，不久他就望见他很快地飞过来了。

"风先生，你现在先别休息，不要耽搁时间，"小比爱罗说，"快点去寻找那些丹麦人和萨克逊人。请你使劲向他们的船吹风，把那些人吹散在海洋里，让他们不能到英国来。不过不要淹死太多的人。"

"这是一个好差事，"风先生说，"我保证办得很妥当。"说完，他就箭一般地冲了出去。他鼓胀了他的脸颊，在海洋里吹起山一般高的浪头，不到一个小时，丹麦和萨克逊的舰队都被吹散和吹毁了。当天晚上就有一个大臣入宫来报告这个好消息，国王听了乐不开支，一把就将小比爱罗揽在怀里，要重赏他。这时，忽然另外一个大臣仓惶地跑到国王的密室里，报告康瓦尔省也叛乱了，大批军队已经挺进伦敦了。国王命令马上吹响警号，全体官员兵士都拿起武器，跨上了马。士兵们开到城外，在平原上摆起交战的阵势。这时候，敌人已经逼得更近了。

康瓦尔人来势凶猛，他们发出粗鲁的喊声，想杀死一切阻挡他们去路的人。威廉王子虽然勇敢，却也有些害怕了。两方军队刚要开始战斗的时候，他看见旁边站着一个穿着黑铠甲的骑士，头盔上的面甲把整张脸都遮住了。

"你是什么人？"国王问骑士，"为什么站得离我这么近？"

"我是陛下的忠臣之一，"黑甲骑士回答说，"我是来保护陛下的。我担保你这次战争一定能胜利。"

"那么你后面站着的这些奇怪的人是谁呢？穿长袍的人是谁？戴虹纹披肩的女人又是谁？"

"穿长袍的人是我的马夫，戴披肩的是我的仆人，"骑士说，"我们依靠他们的帮助，就会平安无事了"。

国王一声令下就开始进攻了，敌人疯狂地呼啸着前进。黑骑士转过身对他后面的两个人喊道："尽你们的本分吧！"那两个奇怪的人立刻跳到空中。然后一阵恐怖的狂风向敌人吹去，一阵暴雨把他们都淋透了。这些叛徒没等到与诺曼底人交战，便混乱了。因此就在这第一战，那些叛徒被国王方面的士兵击败了。当战争最激烈的时候，国王发现那个黑甲骑士打得很起劲，拿着他的剑在敌人中杀来杀去，非常勇猛。叛徒被消灭掉一万多人，其余的都逃跑了。国王回去，派人把黑甲骑士叫到面前，国王在大臣面前对他说：

"陌生的少年，今天我的胜利，全靠你的大力相助，现在请把你的姓名告诉我。你作了这样大的贡献，我应该给你一些嘉奖。无论什么东西，我都可以答应你。"

于是黑甲骑士掀起了他头盔上的面纱，国王和他的大臣都认出他就是小比爱罗。

"陛下，"他调皮地说，"我是你的小比爱罗啊，你既然要奖赏卑微的我，那么就请你赠与我一张勋位状吧，封我做一个骑士行吗？"

国王立刻拥抱着小比爱罗，当场就封他为骑士。国王回到宫里后，立马写了一张勋位状，封小比爱罗为比爱尔骑士。

"亲爱的陛下，"小比爱罗对国王说，"如果陛下愿意让我做一个最幸福的人，那么只要陛下命令地主（小比爱罗已经不是地主的佃奴了）把他的女儿许配给我就可以了。我现在已经是富人了，足够配得上他们家了。"

征服者威廉便向地主提亲，要他把玛格丽特嫁给小比爱罗。国王还给小比爱罗一万法郎，作为他筹办婚礼的费用。骑士和国王告别后，率领许多卫队和随从，荣归故里。地主夫人同意小比爱罗和玛格丽特结婚，婚礼在城堡里举行，好不热闹。不久比爱尔骑士就住进新花园里。那是约翰·比爱尔用小比爱罗从伦敦寄回来的钱买来的。风先生和雨太太愿意送这对青年夫妇一个结婚礼物。小比爱罗接受了风先生送的一只魔指环，借助指环的魔力，小比爱罗在 20 年之后再看他的妻子，还和结婚时一样美丽。雨太太送给玛格丽特一串神奇的项链，这项链使她看见自己的丈夫总是那么年轻那么可爱。

比爱罗接受了这些珍贵神奇的礼物，便不愿再把风先生和雨太太囚禁起来了。他就打开了门和水井的盖，把他们放了。于是，他们一个回到了南山，另一个回到西海岸去了。

这对夫妇过得很幸福，相敬如宾，他们从来不吵架，只吵了一次，那是因为他们忘了戴那个魔指环和那串神项链。玛格丽特永远是性情温柔的，而骑士也永远爱着她。他们后来有了许多孩子，比爱罗骑士大家族繁盛地发展了下去，他们的名声至今在布列塔尼都还久负盛名呢！

兽医特洛尔

在一个山洞里，居住着给动物看病的小医生特洛尔。他经常把掉到陷阱里的狼解救出来，并且为它们动手术。他给小鸟们接上摔断的腿，或者爬到树上去和正在吃奶的小松鼠玩。他还常到老鹰家里去做客，有时也去拜访野猪。他还会按摩野兔膨胀的肚子——因为它们吃带露水的草吃得过多。他还经常细心地为生病的小虫和蚯蚓治病。他会和野鸽们一起咕咕叫，和癞蛤蟆齐声呱呱呱地嚷。总之，他什么都会干，对谁都做些好事。

他总是随叫随到，救死扶伤，所以，平时睡觉的时候他也穿着尖靴子和黄袍子，戴着皮帽子，随时准备出诊。

有一天夜里，特洛尔正在他的洞里蜷成一团睡觉，突然被一阵吵闹声惊醒了。他把脑袋伸出山洞，往四围一看。只见四周的草地湿漉漉的，弯弯的月亮放着寒光。原来有一只青蛙在他的脚边等着他呢。看见特洛尔出了洞，青蛙一蹦一跳地往河边走去，特洛尔一颠一跛地在淤泥和野草地里跟着青蛙走。他心里想：那边出了什么事情？小鸟、小鸭都孵出来了。这只小青蛙不会是为自己的亲属跑来找我的吧？哼！它才不会为亲属跑得这么高兴呢。那么，会不会是一只翠鸟或者一只水老鼠生病了呢？这时，青蛙站在岸边，靠在一棵柳树根旁。特洛尔在黑色的水面上俯下身子，尖声吹着口哨。他看见水里有一条白斑狗鱼奄奄一息。于是，特洛尔用左手抓住岸上的芦苇，右臂和头都伸进冷冰冰的水里。他伸出手，抓住病鱼，把它放在草地上。然后，蹲下身子，皱起树皮色的眉毛，仔细查看鱼的全身。他用食指把鱼的鳃掀开，把拇指轻轻按在它的肚子上。白斑狗鱼痉挛了一下，特洛尔兴奋得合不拢嘴，急忙把鱼抓起来放在左手上，把两个指头迅速放进它嘴里，然后小心翼翼地取出一个小小的银钥匙，钥匙在月亮下闪闪发光。

"瞧！瞧！"特洛尔自言自语地说，同时把银钥匙翻来覆去。随后，他把治好的病鱼往河里一扔，鱼很快就钻到水里去了，不久又游出水面，还舒服地打着哈欠呢。

特洛尔仔细看着这把钥匙，在手上掂了掂它的分量，又在自己的衣服上擦来擦去，使它发亮；然后用嘴吹吹，又用它敲敲上衣的铜纽扣，让它发出叮当的声音。他问自己：

这把钥匙跑到河里去干什么呢？它对我有什么用？我总不能在我的山洞里弄个锁孔吧？

最后，他把银钥匙拴在自己的表链上。他的表已经摔坏了，不过，他能根据太阳和星星的位置估计时间。

在回家之前，特洛尔采了一些玫瑰色的肥皂草，把它们的根弄下来，然后走到一个河滩上。他一边吹口哨，一边摘下自己的皮帽，脱下干树叶色的尖头靴子，粗毛料子的袍子和亚麻布的衬衫。他手上拿出肥皂草根，向水里走去，溅起了冰凉的水花。他弯下腰，把肥皂草根放在水里，把它们揉碎，然后用来清洗自己的身体，从头到脚洗了个遍。水和草根在他那粗糙的皮肤上泛起许多泡沫。然后，他跳到水里去漱口。从水里出来以后，他迅速翻了几个跟头，又揉搓身上毛茸茸的胸脯，然后急忙穿上衣服，让自己暖和起来。

红红的太阳已经升到草地的上空，原来天已经大亮了。特洛尔医生看着太阳，高兴得心花怒放。他伸出瘦小的胳膊，高兴地喊道：

"啊！太阳！我真想把你紧紧抱在怀里！呀！我简直太痴心妄想了。真的，我能用我的眼睛看清天空的星星和云彩，我能用我的鼻子嗅到大地的芬芳。啊！这真是太美好了！"

于是，他爬上岸，高声欢叫着往自己的山洞走去。可是，他刚走到狭小的洞口，就听到一片嘈杂的声响，好像是从自己的卧室里传出来的。他很惊讶，也很紧张，急匆匆跑进卧室。原来，一只可恶的狐狸正在他的餐桌下挖洞，一只烦人的小獾正睡在他的火炉旁，一只坏坏的白鼬藏在他的小凳子下，一只胖胖的脏兮兮的蜗牛在桌子中间一本摊开的日历上散步，还把唾液吐在漂亮的书页上。特洛尔医生非常愤怒，当他抬头往上看时，突然看见一只蝙蝠倒挂在一根晾衣服的绳子上。他强忍怒气，再仔细查看全屋，猜想一定还能看见更多的动物。果然，他发现一只灰灰的刺猬缩成一个圆球，霸占了它唯一的汤锅。他犀利的小眼睛还发现一只大肚子蝈蝈藏在草褥子的几根干草里。

"好家伙，你们胆子倒很大呀！"他说，"朋友们！谁邀请你们来的？"

虽然特洛尔早就习惯了各种各样的叫声，可是，这时他简直要被这些不速之客嘈杂的嚷嚷声震聋了耳朵。开始，乍一看见医生愤怒的样子，这些家伙都被惊呆了，不敢开口说话。可是，不一会儿的功夫，再次响起可怕的吵架声，谁都想压住对方的声音。

"我的窝倒塌了！"狐狸扯着嗓子喊道。

蝙蝠飞落到特洛尔棕色的头发上，对着他的耳朵叫道：

"他们把我哥哥钉在十字架上了，就在费尔曼仓库的门口。我哥哥现在还活着呢。"

蜗牛沿着特洛尔的靴子向上爬，并拼尽全力地说：

"我是因为我的表姐来的。她的硬壳被砸碎了，她被踩得奄奄一息。快！快！再迟一会儿她就没命了。"

白鼬用它的红眼睛盯着特洛尔，它用力地叫着什么，但是，在这一片吵闹声里，特洛尔什么也听不清。最糟糕的是这些动物都用自己的语言说话。被吵得头昏脑涨的特洛尔稀里糊涂用刺猬的语言回答狐狸，又用獾子的语言回答蜗牛。最后，他一边挽袖子，一边斩钉截铁地说：

"停！够了！住口！别再浪费时间了！蝙蝠，带我到费尔曼仓库去！"

"那我表姐怎么办？"蜗牛哭着吼道。

"还有我的窝呢？"狐狸扯着嗓子喊道。

蝈蝈儿从草褥子里飞跃到特洛尔手上，叽叽叫着说：

"我的一只爪子摔伤了。"

"我只能一个一个地治疗呀！"

特洛尔一边回答，一边推开那些挡着路的客人。蝙蝠在前面带路，医生跟在它后面。就这样，勤劳的特洛尔医生一大清早又急匆匆地离开了家。

现在，特洛尔虽然老了，但他还是老当益壮，和年轻时一样，经常爬上树梢去帮助小鸟们，有时候又钻进冰冷的河水里去给白鲈鱼接生。在休息的时候，他吸着燃着干树叶的烟斗，和年龄最长的乌鸦们在一起聊天，回忆年轻时代的趣事。

特洛尔和他的徒弟

　　医生特洛尔到上山去医治一只被猎人打伤的羚羊时，被岩石砸断了一条腿。他用橡木为自己做了一只拐杖，于是，他一瘸一拐地继续四处奔走，去治疗伤病的动物们。不过，这个工作对他来说的确很困难，何况他年纪已经很大了。现在，要他不分昼夜，随叫随到，不断从山洞里出出进进，显得异常地困难。而且他开的药方也不如过去那么有把握了。他的听力已经不是很灵敏，所以他总说自己不中用了。当他把毛茸茸的耳朵贴到快要孵雏的鸡蛋上时，他再也听不到小鸡在里面啁啾了。他的视力也在衰退。当他对着光线看鸟蛋时，他再也不能像过去那样说："恭喜您，邻居莺太太，这是一只雄鸟。呵，那个吗？是一只雌鸟。"或者说："注意呀，梅花雀大婶，将来这个小家伙的身体有点弱，要好好照顾它才行。"现在，他在远处已经不能分辨蝈蝈和它的护身草的颜色。他的四肢也开始逐渐变得僵硬，当他坐在一棵砍倒的树干上挤鹿妈妈的奶，查看奶汁的营养成分够不够养活小鹿时，他那短粗的手指已经不如过去灵巧了。他使劲地挤鹿妈妈的乳房，疼得鹿妈妈浑身哆嗦，越发烦躁。

　　更严重的事情是，他的记忆力下降，并开始丢三落四。有时候他会突然跟夜莺一起尖声叫起来，有时候又和乌鸦一起唱歌。

　　庆幸的是，他有吉乐尔的帮助。吉乐尔是樵夫的小女儿，是特洛尔的好朋友。特洛尔的身材虽然很矮，离地很近，但是现在要他弯下身子已经是很困难的了。于是，吉乐尔就去替他采草药，然后交给他。有时候，特洛尔把采来的草药向吉乐尔面前一扔，叫道："嗨！捣蛋鬼，这不是矢车菊！你又搞错了！这是牛蒡子。"但师傅的脾气越来越暴躁，而吉乐尔从来不会为此而扫兴。她经常调皮地爬到树上去把小鸟拿下来交给师傅，看看它们是不是长大了。她有时还跳进沼泽，把蝌蚪带到特洛尔身边，因为这些蝌蚪很难长成青蛙。把这些事干完以后，吉乐尔晚上就回到父母的屋子里。屋子很脏，很破，树枝有时候掉下来打在屋顶上，所以房屋上有不少窟窿。吉乐尔怎么也离不开师傅特洛尔，每天早晨去上学的路上，她总是绕一个大弯，经过特洛尔的家。

吉乐尔正好和特洛尔一样高，每当特洛尔从山洞里走出去的时候，她就钻进去替他干家务。她用一把木柄扫帚扫地；晾晒草褥子；把由两块黑石头砌成的炉子点燃，然后在一口扭曲的好像坏了的铁锅里用草莓、覆盆子、桑葚和野蔷薇做蜜饯。她还给他做蒲公英、水芹沙拉，车前草、白麻、百里香和丹参汤。她经常把自己的面包省下来送给他。只要是为特洛尔帮忙，再重的活儿她都不觉得累。她在泉水里替他洗沾满伤病员脓血的衬衫，在树枝上晾晒他沾着泥污、白术和荆棘的外衣，然后洗了又洗。

从早到晚，特洛尔走遍森林和山间小路，跑遍田野和牧场。他有时候爬山涉水，有时候陷入泥泞。甚至为了医治臭气熏天，命悬一线的动物，他半身陷进泥沼里，靴子和拐杖沾满泥污。到家以后，吉乐尔总是帮助他洗刷干净。

要熬夜时，特洛尔坐在家门前一块大石头上，吉乐尔在他对面，坐在地上，替他缝上衣，或者替他缝旧袜子。特洛尔安静地吸着装满干树叶的烟斗。不远处的池塘里传来青蛙呱呱的叫声。这时，特洛尔就把自己治病的秘诀传授给吉乐尔。他还把自己的经历讲给她听：他曾经在一只白斑狗鱼的肚子里找到一把银钥匙，他用这把钥匙释放了一个被冤枉的犯人；一只老鹰把他叼走，飞到空中，带回巢穴，准备把他当做晚餐喂养小鹰。可是，后来因为他治好了一只小鹰的坏疽病，最终成了老鹰的朋友；一个可恶的猎人曾经用烟熏它的洞穴，幸亏狐狸用牙齿叼着昏迷过去的他到了空气流通的地方……

小吉乐尔听着她的师傅讲述这些故事，她那满是雀斑的小脸因为入迷而泛起红晕。像蘑菇一样的鼻子因为专心致志而不自觉得皱了起来，她那榧子色的眼睛发着光泽。有时候因为全神贯注在听故事，针都从她手中滑落到了草里，那块当补袜板的石头也常掉到地上。而石头落地的声音把特洛尔带回现实里，于是，他用生气的口气说："哎呀！天已经黑了，你再也看不清东西了，你不怕弄坏你的眼睛吗？已经很晚了，该回去睡觉了。

走吧，快回家吧，快点，快走呀！"于是他把又肥又大的黄爪子放到吉乐尔浅褐色的头发上。她连忙把针线放进围裙的兜里，然后飞快地穿过树林，回到点着灯的小屋。

特洛尔目送着她到家，胡须里藏着笑意。随后，他微微喘息着爬进了他的山洞。

有一天早上，吉乐尔跑着去上学，在路上突然被什么东西绊了一跤。呀！吉乐尔发现特洛尔一动不动地横躺在地上！他那披着银发的头沾满了血污，原来他遭到一只母麝香鹿的偷袭。勇敢的吉乐尔连忙背起特洛尔，拼尽全力把那么重的特洛尔送回山洞里，放在荆棘做的床上，然后，打开她为特洛尔过冬准备的盛放野李子酒的缸，把毛巾浸上酒，洗着伤口。最后，又把几滴酒灌进特洛尔的嘴里。特洛尔睁开他的黑眼睛，这对细长的饱经沧桑的眼睛现在因为高烧而瞪大了。

"把牧场帮我搬来，我想在死以前看看牧场。"特洛尔喘息着说。

吉乐尔连忙跑出去，不一会儿带回来一大块长满青草的泥巴。特洛尔抚摸着青草，高兴地笑了。然后他扯下几根草，编成一条可爱的小辫，嘴里还吮吸着一根酸味草。这酸味不正像他青年时代饱尝过的辛酸吗？

突然，他又喊起来：

"湖！叫湖到我这里来，我要和他告别。"

吉乐尔赶紧跑到湖边，打了一桶清亮亮的湖水，还采了一朵漂亮的莲花放在水面上，然后带到特洛尔面前说：

"湖来了！"

特洛尔把长满老茧的手放到水里，长满胡须的脸上露出满足的微笑。可是，不一会儿，他又喃喃地质问吉乐尔了：

"山！山在哪里？为什么山不在这里？我要山！"

吉乐尔不敢耽搁，连忙跑了出去。一口气跑到山下，然后拖着她疲惫的双脚往陡峭的山上爬，山坡上的石头在她脚下不断地往山下滚。汗水打湿了她栗色的头发。天黑下来的时候，她才爬到山顶上，连忙捧起一把雪，竭尽全力地跑回师傅床边，兴奋地说：

"瞧！雪山飞快地跑来和你告别了。"

老特洛尔把雪球紧紧握在酱紫色的手掌里。不一会儿，他柔声问道：

“不错，雪还很新鲜呢，可是森林在哪里？”

于是吉乐尔模仿风吹过树梢的沙沙声，又像鸟儿一样唱起了悦耳的歌。特洛尔听着、听着，安静地与世长辞了。

森林里所有的动物都感觉出了大事，都蜂拥到特洛尔的洞穴里。野猫扑到特洛尔毛茸茸的胸前“喵呜、喵呜”地哭喊着；黄鼠狼悲伤地舔着特洛尔那双像树疙瘩一般粗糙的手；金翅鸟默不作声地停在特洛尔的靴尖上；一对羚羊低着头驾着小鸟用树枝制作的橇，静静地在洞口等候。吉乐尔把她的师傅抱到橇上，灵橇立刻缓慢地出发了。整个森林里的小鸟齐声唱起那支沉重的葬礼进行曲，花朵们摇摆着敲起了雷鸣般的丧钟。红色蚂蚁、褐色蚂蚁排列成长长的送葬队伍。蜗牛在队伍里也加快了步伐。青蛙仍旧跳跃着前进。一群大雁在天空护送着送葬的队伍。

松鼠们心情沉重地在树叶缝隙中目送灵橇；花儿用花绳从这根树枝绕到那根树枝。家兔跟着送葬的行列走了一段路，然后哭喊着往四面八方奔走相告。一只野兔跳上了灵橇。羚羊夫妇把灵橇停在森林深处最美丽的林中空地上。

狐狸、獾子、鼹鼠和石貂负责挖坑，然后由小鸟们在坑里铺了一层碎石、青苔和从它们身上拔下来的羽毛。吉乐尔把她的特洛尔放在上面。蚕用金黄色的丝包裹住特洛尔的遗体，昆虫和小鸟在他身边放上种子，松鼠放上栗子、榧子和干蘑菇。一只棕色熊也来到墓地，在墓穴边摇晃着笨重的身子，大嘴里发出呜呜的悲鸣。

最后，动物们有的用蹄子，有的用爪子，有的用角为特洛尔的遗体盖上土。在他一生救死扶伤的工作中，他走过多少遍这些泥土呀！四只萤火虫在坟墓的四周站岗。吉乐尔还在那里移植了一株野蔷薇。

就在当天晚上，吉乐尔在泉水里清洗了因为流泪有点肿胀的眼睛，然后走上了回家的路。她看见两只公鹿一动不动地站在路上。原来，为了争夺一只母鹿，它俩打得你死我活，两对鹿角绞在一起互不相让。于是，吉乐尔连忙把它们分开。

从此，她接替特洛尔工作，终身为生活在森林、牧场、山上和湖里的动物看病，成了一名顶呱呱的白衣天使。

傻子和仙女

从前，有一个仙女，她唯一的任务就是成为一个孩子的教母。可是，在当地，孩子的数量太少了，所以，她没有找到一个教子。她正在为这事发愁呢，有一天早晨，她忽然听说王后生了一个王子。

她高兴得满天飞舞，连忙启程赶到王宫。她从开着的窗户飞进王宫，靠近一张金碧辉煌的、围着帷幔的大床，床上躺着王后和王子。

"什么？你想当王子的教母？"王后知道她的来意后惊讶地高声说道，"想也别想！我的儿子要认七个海军上将作教父，要由七位大主教命名，还要由七位神仙来守卫。你看！他和你这样微不足道的女人有什么相干？"

仙女只好离开了。她一向飞得比勇敢的燕子还要敏捷轻快，可是这一次，她因为失望，而飞得迟缓、笨手笨脚的，就像金龟子扑打翅膀一样。

她飞呀，飞呀，突然看到大路上走来一支吉普赛人的队伍：他们有的坐在大篷车上，有的赶着牲口，高声吆喝着。车上还拉着世界上最最珍贵的东西——一群穿得破破烂烂的孩子。仙女连忙盘旋着飞到他们上空，对他们说：

"我想收一个孩子作教子，男孩女孩都可以，请你们送一个孩子给我教养吧！我一定对他的命运负责。"

她的请求遭到讥讽的戏谑。

"嗨！你以为我们需要接受洗礼吗？"吉普赛人喊叫着说，"不！我们既不为我们喝的酒举行洗礼，更不为娃娃们举行洗礼。告诉你，我们根本就不喜欢水。不要洗礼，就不需要教母，也不需要装模作样的家伙。滚吧！肮脏的鸟！"

仙女不得不赶紧转身飞向空中，身后飞来许多石头。她感觉非常沮丧和疲劳，连忙停在一根橡树枝上，枝头停了一只喜鹊。

"你能不能告诉我有没有这样一个孩子，"她问喜鹊，"可以做我的教子？"

"当然可以。"喜鹊答道，"在一个偏远的村子里的僻静街道上，一个杂货商的妻子刚生了一个女儿。"

"啊！我多么有福气！"仙女兴奋地说，"我马上就到那里去。"

"等一等！"喜鹊喊道，"你不认识路。我用嘴在这片树叶上给你画一幅路线图。"

"啊！太感谢你了。"仙女一边说，一边把树叶接过来，然后用手轻轻拍了一下喜鹊的羽毛，就向远处飞去了。

她在天空里快乐地翱翔着，自言自语道：

一个杂货商的妻子一定不会像王后那么瞧不起人，也不会像吉普赛人那么粗鲁。杂货老板娘会因为女儿有一个仙女做教母而很高兴。啊！我好像已经狂热地爱上我的教女了。我一定要教她像蜜蜂那样勤劳，像花儿那样安静美丽。

仙女通过虚掩的门走进杂货商女人的屋子里。这个女人正睡在一张油漆过的桃木大床上。她穿着一件绣花白色短袖衣，身上盖着红色的鸭绒被子。她睡得正香呢，她的女儿就睡在女人旁边用胡桃藤编的摇篮里，摇篮上面挂着浆洗过的蚊帐。仙女走近摇篮，她的脚步发出的窸窣声吵醒了杂货商的女人。她睁开眼，看见一个天仙般的女人正俯下身体亲吻她的女儿。她吓得张开了嘴想呼救，可是仙女连忙安抚她说：

"太太，我是一个仙女。我想让您的女儿做我的教女。她长得真讨人喜欢。您看！她的鼻子就像您店里玻璃缸中的橡皮球糖一样，她的小拳头就像葱头一样可爱。看，她睁开了眼睛！她的眼睛比两粒胡椒大不了多少。"

"我们也许不会拒绝您。"杂货老板娘回答说，"只是，您看，我应该对您说，您还没有让我相信你能担任我孩子的教母，因为这里的人谁都不认识您。再说，和一个仙女打交道显然没那么好，不太严肃，反正是不太合适。珠宝商的太太也愿意当我女儿的教母。您想想，我怎么能得罪她而把这个位置交给您呢？何况她还送给我女儿一个镀金的围嘴别针呢。”

仙女什么话都没有说，遗憾地看了孩子一眼，深深地敬了一个礼，然后飞了出去。

她现在飞得特别低，像蝙蝠般上上下下。到了晚上，她飞到一个村庄。她的翅膀由于飞得太累而裂开了，她裙子上的花瓣已经枯萎凋谢。为了找一个孩子，她用眼睛聚精会神地窥探乡村的每个角落，现在眼睛火辣辣地发疼。她向过路人说：

“亲爱的路人，你们当中有谁能让我到他家里住一夜吗？一个角落就足够了，随便住哪里都行。我太冷了，我的翅膀像杨树叶一样发抖。我太困了，飞着飞着就睡着了。我饿极了，我相信我能吃掉一整块儿糖。”

可是，过路的人都拒绝了她，他们说，正派人是不会随便向人开门的。有一个人在寻她开心说：

“嗨！你只有去傻子那里住才行。”

在一片讥笑声中，仙女问道：

“你们说的这个傻子在哪儿住？”

有人把傻子的小茅屋指给她看，小茅屋就坐落在树林的入口处。疲惫不堪的仙女摇摇摆摆地向那里飞去。飞到那里以后，她把戴着野草花环的头伸进窗户，看见傻子果然坐在他的草褥子上。他是一个畸形的孩子，脑袋长得像甜面包一样，嘴张着，眼睛虽然清亮，但是很呆滞。仙女的心因为怜爱而颤抖了。她亲切地对傻子说：

“我的孩子，我为你从遥远的地方赶来。我为了寻找你走遍了各地，现在，总算找到你了。”

“嘿，嘿……”傻子这么回答她。

仙女走到他身边，在他小小的额头上吻了一下，傻子立刻感觉像有一只被捉住的小鸟在他脑袋里挣扎一样。

仙女在傻子身边坐下，用翅膀碰他一下，傻子立即发起抖来。

仙女用温柔的目光凝视着他，他那呆滞的眼睛突然激动地噙满了泪水……

现在，在集市上，有时候人们会幸运地发现一些篮子，篮子做工精致，就像凤凰的巢或者公主的帽子一样美丽，于是大家都抢着用高价购买。这些篮子都是仙女教傻子编的。

傍晚时分，人们有时在小茅屋附近会听到一种快乐的声音，那是傻子在唱仙女教给他的歌曲。

大家都知道，如果您遇到什么棘手的难题，需要好的建议和解决问题的办法，那么就请去找仙女的教子——那个以前的傻子吧！

洗盘子的姑娘

　　从前有一个小姑娘，成天刷锅洗碗瓢勺，因为看见的总是油腻的污水，她的眼睛都变成浅灰色了；她的头发也弄得很像一块擦盘子的布。应和着洗洗刷刷时锅勺碰撞发出的声响，她唱起了这样一首歌：

　　　　圆盆是池塘，
　　　　菜盘是美丽的画舫。
　　　　我把手儿往水里放，
　　　　让它们清清爽爽。
　　　　金盘把银水装，
　　　　菜盘是钻石镶。
　　　　在我美丽的银池里，
　　　　蓝天的倒影在荡漾。

　　其实，这个洗盘子的小姑娘名字叫白尔贝蒂，她所洗的不过是很平常的白搪瓷的厨房用具。洗碗的大盆是用铁做的。工作时，白尔贝蒂要把她又红又肿的手放进热水里，当然并不是为了把自己的手洗得干干净净，而是受到了蓝鸡饭店的老板娘的逼迫，因为小姑娘要靠洗碗才有地方吃饭睡觉呀。

　　白尔贝蒂的洗碗槽在厨房后面的地下室里一个拦起来的通风窗下面，所以她每天只能看见眼前的墙根和路人的脚。

　　有一天，白尔贝蒂和往常一样洗着碗盘，她看见盆里有一把叉子，她以为是一把平常的叉子，捡起来洗，却发现那是一把金子做的叉。叉柄是象牙的，上面还刻着一个长着翅膀的天使。

　　白尔贝蒂惊讶得呆住了。她用破裂的小手哆哆索索地握着抹布和这把金叉子。她肯定在她把刀叉往水里放的时候没有看到这个宝贝。应该把这件事告诉饭店的老板娘！白尔贝蒂正准备把拾到的东西送去的时候，一只老鼠突然从拉着铁条的窗户下面的小水沟里窜了进来，它游过水池，一边急忙地溜掉，一边急切地对白尔贝蒂说："把金叉子收起来，它是属于你的。"因此，白尔贝蒂把象牙雕刻的小天使贴在自己的胸口，她有生以来第一次开心地笑了。一只小鸟听见她的笑声，飞进厨房，落在盆子的边上，喝了三口还算干净的水，然后唱道：

　　"用七盆水洗七次金叉，连续七个夜晚把它放在你的枕头下！"

　　白尔贝蒂听了，非常惊讶，但很高兴，也很激动，连忙跑到院子里的井边连续打了七桶清水把金叉清洗了七次。每洗一次，金叉就发出更亮的光，当她用自己的破围裙把金叉擦拭干净时，金叉已经亮得有些刺眼了。小姑娘把她的金叉藏在衬衫里，然后回到厨房接着干活。她时不时把手伸到自己瘦瘦的胸脯上，忐忑地摸摸宝贝是不是丢了。晚上，白尔贝蒂要工作到半夜里才能回去睡觉，因为还有一桌酒席的碗盏要洗干净。不过，她虽然腰酸背疼，头晕脑涨，但她还是感觉十分幸运。干完活以后，她回到阁楼里，躺在自己简陋的床上，偷偷地把金叉取出来，吻了一下上面的天使，然后把它放到草枕头下面。她实在太累了，急忙脱了破衣褴衫，把它们放在被子上，然后躺下来。

　　梦里，她梦见自己用金叉子吃着一块千层什锦肉饼，白天和她说过话的小鸟停在她的肩膀上，不时地俯下身子啄上几口肉饼。那只会说话的老鼠在她的脚边转来转去，她扔给它一些碎饼屑。

　　第二天早上，白尔贝蒂喝着她的苦菜汤、啃着她的硬面包的时候，还津津有味地回味着梦里千层什锦肉饼里的蘑菇和碎牛肉的味道。

　　当她在圆盆里盛满水准备工作的时候，那只小鸟又飞到她身边。她让它喝了三口水。

　　小鸟飞走后，老鼠又在通气窗的铁栏中间出现了。白尔贝蒂给了它一点锅底的剩饭。但当她的手伸过去想抚摸它时，它却跑掉了。

　　第二天晚上，白尔贝蒂梦见自己吃了一条金色的大鱼，大鱼身上浸着深色的香喷喷的调料。小鸟喝着她酒杯里的酒，老鼠沿着桌子腿爬到桌子，同她一起享用着筵席。

第三天，她又如常地接待了来访的朋友。小鸟在她的耳边哼着一支小曲，老鼠已经和她混熟了，也很乐意让她亲抚。

晚上，白尔贝蒂仍然把叉子放在枕头下面，她梦见自己在吃着一只烧羊腿，羊腿嫩得一进嘴就化了。她一个人就把一整只羊腿吃得精光。是啊，当一个人饿过好几年以后，一次吃一只烤羊腿也不算太多。老鼠爬到盘子里把骨头啃得干干净净的，小鸟把头伸进酒杯，用它的尖嘴一滴滴地吸她剩下的老酒。

第四天，老鼠再次来到她身边，可是白尔贝蒂没有东西给它吃了。于是老鼠轻轻咬着白尔贝蒂的指头，以便缓解它的饥饿。小鸟也来了，不过，大盆里的水已经太脏，它再也不能喝了，于是它叫了一声，飞走了。

这天夜里，白尔贝蒂梦见吃着新鲜嫩绿的小豌豆。自从她干活以来，她还只吃过干瘪的豌豆呢。这次，有点失望的小鸟用它的尖嘴在吃得光光的烙饼锅上敲了三下，生气的老鼠也用自己的鼻子在小姑娘用面包擦得非常干净的盘子上碰了三下。

第五天，小鸟飞来时，洗碗水已经倒出去了，它把干渴的嘴喙弄得咔咔响。白尔贝蒂安慰它说：

"在我头上扯下几根头发放到你的巢里吧！我能给你的东西就只有这些了。"

于是，小鸟停在洗盘子的小姑娘的头上，用尖尖的小嘴扯下她一根像抹布条上的细线似的头发，然后飞走了。小鸟一走，老鼠就从水池的洞里把头伸出来，它越来越瘦，灰色鼠皮下都能看见肋骨了。白尔贝蒂刚把所有的锅碗刷洗得一干二净，连一点面包屑也没有了。于是，为了缓解它的饥饿，小姑娘让它咬了一块自己的围裙布。

晚上，白尔贝蒂梦见自己吃着洛克埠的乳酪和新鲜的黄油抹面包片。小鸟和老鼠坐在她左右两侧的椅子上。小鸟拿着一把金刀切着乳酪，老鼠在一个银盘里用餐。

第六天，小鸟没有来，白尔贝蒂感到十分担心。从通气窗刮进来的风，刮来了一根灰色的羽毛。白尔贝蒂对自己说：

"但愿小鸟没有死掉。"

　　她从衣兜里取出她给老鼠留的面包皮。可是老鼠也没有来。白尔贝蒂只看见它身上的一根灰色的毛儿漂在盆里的水上，向她漂了过来。她自言自语地说：

　　"但愿老鼠还活着。"

　　夜里，白尔贝蒂在梦里吃着一杯冷冻水果。老鼠和小鸟坐在她的对面，它们的脖子下面都围着织花餐巾。

　　第七天，它们一齐来了，这种情况过去是没有过的。小鸟的羽毛掉光了，它好不容易从一只猫的嘴巴里逃了出来，老鼠在一个陷阱里失去了自己的尾巴。

　　这天夜里，白尔贝蒂第七次也是最后一次把金叉子放在枕头下面，她心想，不知道金叉子还会给她带来什么好梦呢？她的手交叉着，睡着了。将近半夜时，她觉得一阵轻风拂过她的身子，她从梦中惊醒并急忙坐起来，立刻认出了象牙的天使正在她的床头的上空扑扇着翅膀。天使变得非常大，因此，为了不让她的头碰到天花板上，她不得不俯下身体。天使把洗盘子的白尔贝蒂抱在怀里，然后径直把她送到了天堂。

　　没有羽毛的小鸟在她们前面飞翔，失去尾巴的老鼠跟在她们后面小跑。

　　就在这天晚上，金叉竖了起来，跳着舞来到老板娘身边，把她的嘴撕碎了，因为小姑娘挨饿时，自己却吃尽了好的。老板娘发出一声恐惧的怪叫声，然后，金叉一下子跳起来插到她的心上。

　　第二天早上，蓝鸡饭店的老板娘死了。当她的儿女们去找洗盘子姑娘时，他们只看见在她的破床上有几滴发亮的水珠。

稻草人娜兹

有一位正在疼爱地凝视着睡在摇篮里的小女儿的母亲，这时不想一只癞蛤蟆从门缝里跑了进来。跳到小女儿的枕头上，说道：

"我将'丑陋'这份礼物送给你的女儿。"

说着，它朝孩子的小脸上吐了一口毒液，可怜的孩子的小脸随即起了成片的疙瘩。

被吓坏的母亲还没有来得及喊出声来，又一只鹅蹒跚着走进房里。它晃着笨重的身体踱到摇篮边说道：

"小家伙，我为你带来'愚蠢'这份礼物。"

孩子的脸上马上出现了痴呆的表情。母亲的眼里噙满泪水，但是泪水还没有来得及流下来，又一个老太婆出现在门洞里。她两臂挂着双拐，一瘸一拐地走到摇篮跟前，气鼓鼓地说：

"孩子，我为你带来了一份挺不错的礼物：虚弱。"

孩子发出一声病快快的呻吟声。老太婆向门外走去，癞蛤蟆跟在她后面，笨鹅在老家伙的身边滑翔。

小姑娘娜兹在诅咒中慢慢地长大了。她丑陋异常，所有的人都认为她是令人厌恶的。她笨得连 ABC 都学不会，她虚弱得双手无法把面包送进嘴里。她的妈妈悲伤过度很快就离开了人世。她的爸爸看见家里有这么一个又丑又笨、身体又不好而且令人讨厌的倒霉的孩子，实在无法忍受，就把她送到一个遥远的村子里去。他竭力使自己忘掉还有这么个可怜虫女儿，甚至不愿为她付食宿费。村子里的人当然不愿意白白养活这个孩子，就想方设法替她找个工作。可是，她实在太笨了，连让她放羊都不放心。她如果当了牧羊女，那羊群准会东跑西窜。她又是那么虚弱，连去井边汲一桶水的力气都没有。怎么办呢？嗨！有了！农夫的妻子对她的丈夫说：

"我琢磨……她可以当稻草人，替咱家守果园。她丑得吓人，麻雀准不敢靠近。"

农人禁不住哈哈大笑。于是，他们来到马房里把正在睡觉的娜兹叫起来，把她带到果园里。为了不让她离开果园或者偷懒坐下来，他们把她绑在一棵树上。果然，小鸟们看见这个满脸疙瘩，眼睛像小水泡，头发像蛇窝的"稻草人"，再也不敢飞到果园里来了。

可是，有一对从岛上飞来的小鸟，因为它们刚从笼子里逃出来，所以比别的鸟胆子大些。它们停落在娜兹扭歪的肩膀上。蓝色的雄鸟用它的尖嘴啄了一滴在女孩肿胀脸上流下的眼泪，还用爪子在她头上拔下几根稻草似的头发。绿色的雌鸟唱了一首岛上的歌给娜兹。歌声使小娜兹的眼泪流得更多了，一听见歌声她就不自觉地想跳舞，可是她被捆得那么紧，连血都浸了出来，怎么能跳舞呢？小鸟连忙用尖尖的嘴喙吸了一滴她手腕上的血，还用爪子从她的衣服上撕下一片破布——这件衣服的颜色就像正在下雨的天空，破得就像只剩下脉纹的干树叶。

后来，这一对美丽的小鸟展翅飞回了岛上的家，它们停在年轻主人的双膝上。年轻的主人正在因它们的逃跑而难过呢。蓝色的雄鸟把娜兹的眼泪吐到主人的手心里。主人说：

"我的小鸟，你给我带来了一滴甘露，这是哪个清泉流出来的？"

说着，主人把这滴眼泪放到嘴里，咂着舌头惊叹道：

"呀！我从来没有尝过这样的苦味。"

小鸟又把一缕头发放到主人的手里。

"小鸟呀！你给我带来了蒺藜，这是哪个荆棘丛中生长的？"他一边说，一边揉搓着头发："我从没有接触过这么粗糙的东西。"

绿色的雌鸟也把用爪子撕下的袍子上的破布片送给年轻的主人。

"这是什么？"主人问道，"是一片凋谢了的花瓣吗？"

小鸟又把从娜兹手腕上吸来的一滴血吐到主人的手心里。

"这是你带给我的美酒吧？"主人问，"你从哪里得到的？"

两只小鸟拉着主人的衣服，示意要求他去看看。

"噢！好吧，我咱们走吧！"主人说。

于是，他戴上伯爵的金冠，披上绯红的大氅，到马房牵出骏马骑上去了。雌鸟停在他的手上，雄鸟飞到前面带路。

年轻的主人骑在白色的骏马上，距离家园和城市越来越远，他自言自语地说：

"我要找到苦水的源头，刺人的荆棘丛，无色的花，失去美酒的葡萄园。"

这对小鸟一直把主人带到娜兹看守的果园，娜兹正在那里伤心地哭泣。主人把树枝推开，快马加鞭来到她身边。他看见姑娘流着眼泪，淌着血；她的手被捆着，无法梳理遮盖着面孔的乱发；呼啸的风扯着她破旧的袍子……

"啊！"年轻的主人从马上跳下来，把姑娘紧紧搂在怀里，说道："我找到苦水的源头了，珍贵的酒，我永远也不会干渴。我找到丛生的荆棘了，被揉碎的花朵，我再也不需要别的东西了。"

娜兹嗫嚅着说不出话来。因为她被捆绑着，无法把羞愧的脸躲开，她只能闭上眼睛。主人用利剑砍断束缚娜兹的绳索，用手绢擦干她的眼泪。他撕下自己的衣襟包扎好娜兹的伤口，然后把自己绯红的大氅披在她的身上。他取下自己的金冠，戴在姑娘粗糙的头发上。于是，他们骑上白色的骏马，向着他们的未来疾驰而去。

蒂丽玲河

多么美丽的蒂丽玲河！她有着闪光的笑靥，还有碧绿色的长发，两岸婆娑的杨柳是她的首饰。还有她那婀娜多姿的身段；大海爱上了她，向她求婚：

"让你的温柔妩媚和我无垠的苦味结合在一起吧！今后，不论是狂风暴雨，还是风平浪静，无论烈日炎炎或者夜月冷寂，我们都永不分离。我们会在沙滩上留下亲昵的痕迹。我们要同心协力和礁石作斗争。"

但是，蒂丽玲最终只接受了并不很深的池塘向她献上的殷勤。池塘边上长满了水仙花，只有蜻蜓是池塘最熟悉的客人。因为同时有两个追求者，蒂丽玲的虚荣心得到了极大的满足。为了不让大海气馁，她用悦耳的声音回答他：

"请你说话别那么大声！如果我嫁给你，我会得到什么好处呢？"

"我们共同运送船只。"大海回答。

"呵！多么可怕！"蒂丽玲大声说，"而且，我是向来不运送任何船只的。"

"我们还可以为我们怀里的海岛唱摇篮曲。"

"哼！我宁愿在我绿草如茵的两岸之间自己入眠……不过，在星期天，我很喜欢在我的胳膊弯里放一个珊瑚岛，还希望有一些珍珠和飞鱼，您能给我吗？"

海洋听罢，非常激动，再也不能控制自己的激情，他没回答蒂丽玲，却用全部的波涛拥抱着她。

"呀！这么苦涩！"蒂丽玲怒吼着表示抗议。"不！我不喜欢你，你太大，也太粗暴！"

然后，她侧耳倾听到池塘中的芦苇沙沙的召唤声。

　　"来吧，我的美人！"池塘温柔地说，"我的涟漪多么温暖！我要用睡莲装点你飘逸的长发。我俩要在温馨舒适的休憩中把天上的白云拥抱在我们的怀中。"

　　小河蒂丽玲高兴地笑了。她连忙转过身体，往池塘的方向流去。可是，一路的土地上铺满沙子，沙子慢慢吮吸着她晶莹的水珠。蒂丽玲逐渐变成了一条干涸的小溪。当她来到那一片池塘的身边时，这条瞧不起海洋的河流最后只剩下了几滴眼泪。

没有镜子的宫殿

奥丽尔公主天生丽质，她的父亲怕她看见自己的姿色以后会变骄傲，就下令在公主居住的宫殿里不能有任何镜子。

奥丽尔长大以后，经常问她身边的侍从：

"我究竟长得什么样？我的容貌好看吗？"

侍从按照国王的命令中要求答道：

"你的面孔长得很普通，就像大地一样。"

"我的眼睛什么样？"

"你的眼睛就像大路边的两块小石头。"

"我的嘴呢？"

"你的嘴就像干裂的大地上的裂缝。"

"让我在你的眼睛里照照我自己吧！"

可是，侍从垂下眼皮，说道：

"你很清楚，你的父亲禁止你这样注意自己昙花一现的外表。"

奥丽尔时时刻刻都想照照镜子，看看自己的形象。可是国王早已命令宫里，除了镜子外，其他任何光滑的，可以代替镜子的东西都不准放。门窗玻璃被涂抹得失去了光泽。家具都被罩上了套布，地板上铺满了地毯，金银碗盏都取消了，奥丽尔只被允许使用木质餐具。

奥丽尔在没有池塘的花园里散步时，只得问小鸟：

"喂！你们能不能告诉我，我究竟长得什么样？

回答她的只有小鸟的唧啾。

月亮出来了，奥丽尔把两臂伸向月亮，问道：

"遥远的镜子，你能不能靠近我，让我看看父母给我的脸庞是什么样子？"

可是，月亮一点儿也不想改变自己安静沉默的习惯。

一些商人经常到王宫里把稀奇的物品卖给公主。进宫之前，总有人搜查他们是否带着镜子或者别的发亮的东西，以免被公主发现自己的美貌。

有一天，一个老妇人来到王宫花园的栅栏边，她手上扎着带血的绷带。她说，她想送公主一些东西。按原要求，她打开篮子，原来是一个小小的水龙头，一块火石和一把扇子，全是极普通的东西。卫兵们看了，忍不住大笑起来，说：

"公主要你这些破烂玩意儿干什么？她有很多珠宝、书籍、脂粉、玩具和乐器。女孩子有的东西她全有，除了没有镜子。"

"还是让我把这些不值钱的东西给她看看吧！"妇人坚持说道："我相信她会给我大价钱的。"

在一片嘲笑声中，老妇人终于被带到了公主身边。当房间里只剩下她和公主两个人时，她匆忙拿掉扎在手上的肮脏的绷带，拿出一面镜子。公主差点没有叫出声来，连忙把脸靠近镜子上，就像一个久渴的人俯身在水池边一样。她惊恐地说：

"啊！这不是我，这不可能是我！你的镜子是假的，我没有这么美丽。我不信！我的嘴唇就像鲜血一样红，我的眼睛就像两条金鱼那么灵活，那么亮，周围像海藻一般浓密的睫毛。我的双眉就像两条无边无际的黑线。"

"总算看见你这个被锁在王宫里的人间奇迹！"老妇人颤声说，"我还为公主带来了配得上你的饰品呢！"

于是，老妇人从篮子里取出了水龙头、打火石和扇子。

"你给我看的是什么东西呀？"公主问道，"你让我拿它们干什么？"

老妇人并不回答，只是把慢慢地水龙头打开。奥丽尔立即穿上了一件像喷泉水的长袍，袍边上镶着彩虹色透明的水点。她的心感到无比的甜美清凉。可是，当老妇人关上了水龙头，水袍子立即不见了。她随即敲了一下火石，一件火焰做成的袍子自动裹住了奥丽尔的身体。公主的头上戴了一顶火星般闪烁的王冠，两点磷火跳跃着来到她的脚边，成了她的鞋袜。奥丽尔被一种温热的感觉陶醉了。她不由自主地穿着磷火鞋，愉快地跳起舞来。

老妇人收起火石，火焰袍子、火星王冠和磷火鞋全都不见了。

老妇人在奥丽尔周围扇动扇子，公主立即穿上了玫瑰色彩云做成的袍子。袍子是那么轻盈，她好像欢快地飞起来了。

"谢谢你，太太。"公主说，"谢谢你给我带来了瑰宝。可是，如果我的父亲知道我违抗了他的禁令，看见了自己的面孔，他一定会杀死我"。

老妇人说：

"你今天夜里逃走吧，面向森林的那一扇门到时候会打开的。"

说完，她没有要求付钱就走了。

夜幕降临，宫里的人都进入了梦乡，奥丽尔从床上起来，把镜子、水龙头、火石和扇子放到一个小盒子里。然后，从一个忘记关闭的小门偷偷地溜了出去，走进了森林。她刚借着月光走了几步，她袍子上绣的花朵就落到了地上，马上就在那里生根了。

"我的袍子现在就像一件衬衫了。"奥丽尔自言自语地说。

于是，她打开水龙头，可是，并没有冒出喷泉做成的长袍，却下起了瓢泼大雨，湿透了她的衣服，她浑身湿漉漉的，冻得发颤，牙齿咯咯直响。她连忙把水龙头扔得远远的，逃跑了。她又敲了一下火石，想用火焰袍子暖暖身子，谁知从火石里冒出了一股大火，火舌点燃了周围的树木，烤焦了苔藓，烧掉了蒺藜。奥丽尔急忙往外逃。当她逃出火海时，赶快扇起了扇子，她想到了那件彩云做的袍子。可是，连袍子的影子都没有，却刮来了一阵飓风，把奥丽尔的扇子吹走了，又扫掉了树上的树叶，刮得树枝大声呻吟，嘎吱吱地响着，连树干都弯下了腰。奥丽尔感觉自己被风暴卷了起来，然后一下子扑到地上，手指甲都插进了土里。

等到四周安静下来以后，奥丽尔对自己说：

"我失去了老太太送给我的几件宝贝，就剩下一件最宝贵的镜子。"

于是，她从盒子里取出镜子，一想到又可以看到自己的容貌了，她就禁不住激动万分。她刚把镜子靠近自己的面孔，镜子就碎成了上千片，还发出尖厉的笑声。奥丽尔靠在一棵树干上，把脸躲在自己的手臂里，大声哭了起来。过了一会儿，她听见树叶发出沙沙的响声，抬头一看，发现一个年轻的樵夫站在自己的跟前，一柄斧头扛在肩膀上，奥丽尔觉得他比自己长得还要漂亮。

"你为什么哭呀?"樵夫关切地问她。

"我什么都丢失了，我的镜子也打碎了"。

"我将给你的东西比你丢掉的东西还要多。我将成为您的镜子。因为您的美貌，我一生都要感谢上帝"。

他们在森林里幸福地生活着，在他们的木头房子的一个角落，樵夫挂了一面镜子，镜子的边上镶着树皮。可是，奥丽尔的精力都放在孩子们身上了，很少想到去照照自己。

变成妇人的仙女

仙女的姐妹们对仙女说：

"你疯了！谢谢上帝，自从开天辟地以来，还从来没有仙女生过孩子。"

"你手上抱着孩子，再也飞不起来了。"

"你心里有了孩子这个负担，就再也无法到处游玩了。"

"我还是想要一个孩子。"仙女坚持说。

"疯子！你要是有了孩子，我们在飞泉里跳舞时，你就只能在岸边洗尿布。"

"我愿意。"

"我们听着天地间绝妙的音乐时，你只能被娃娃的哭叫震聋耳朵。"

"我愿意放弃天地间的音乐，只要能听到一个新生命的哭叫。"

"如果你堕落到这种地步，如果你当上了母亲，变成了一个平庸的哺乳的女人，你就不在是我们的朋友，我们再也不愿意见到你。"

"你们不再见到我，我呢，会见到我的孩子。"

"大家会把你赶出仙境。"

"那我就到别处去，到人间去，只要和我的孩子在一起。"

"可怜的疯子！"超级仙女一边说一边摇着她亮闪闪的头。"我们当中谁生孩子就不再是仙女了，而且会像凡人那样生老病死。"

"我宁愿死。要是有风，树叶就得被刮掉。要想把种子撒到泥土里，花儿就得凋谢自己的花瓣；水塘里的水只有被太阳蒸发才会变成云彩。"

"你会像人类那样生老病死，而且腐烂掉。你的眼睛已经习惯了正面看太阳，从来都不需要闭上，你的嘴巴生来是为了歌唱天宫的欢乐，如果生了孩子，你会因为劳累而瞌睡，你还会尝到眼泪的咸味。会为了填饱肚子而咀嚼脏肉，而且可能还会撒谎呢！"

"我还是想要孩子。"

"那好吧！你滚吧，傻瓜！"

"滚吧，傻瓜！"

"滚吧！永远不要回来！"

仙女被她的姐妹们赶出了天宫，来到了人间，随即也失去了所有的神通。一只鹰用翅膀碰了她一下，一只羚羊靠近她，似乎说着什么，可是，她已经不懂得它们的语言了。她披着风袍子，冷得禁不住颤抖起来。她的血液过去是滚烫的，从不惧寒冷，在接触到人类的温度以后逐渐变得温热了。她的脚过去只轻触过土地，现在却重重地踩在凹凸不平的地面上。夜幕深沉，她面前出现了山谷，山谷像一个受伤的人躺在那里，山涧中的小溪就像鲜血一样滋润着它，不停地诉说着衷情。

这时，一个烧炭人从树林里走过来。仙女立即跟着命运之神横穿过大路，急步追了上去，走到他身边对他说：

"喂！烧炭人！我愿意把我雪白纤细的手送给你！"

"呀！这是山里的仙女！"吓坏了的烧炭人高声叫道。他想赶快躲开这个只披着月光飞行的仙女。

"烧炭人呀，你别怕！我会一生不变地爱你。我现在已经不是仙女了，我看不懂树上的脉纹，我觉得吃东西十分有趣，我相信我会在你的肩膀上睡过去。如果你心情不好，我会让你的眼泪在我的脸颊上流淌。你看，我已经不是仙女了！我还要给你生一个儿子。"

"是的，你会生一个妖精！"烧炭人没好气地喃喃说，同时用大氅裹住仙女。"你恐怕连菜汤都不会做啊！"

"我会用药使你心旷神怡，忘掉一切烦恼。"

"可你根本不会缝补我的破衣服。"

"我绣上千针万线，一定会把你的衣服缝得比皇帝的衣服还漂亮。好了，烧炭人，带我去你的小屋吧！"

于是，烧炭人用自己粗壮的手臂把轻飘飘的仙女揽在怀里，对她说：

"你和我在一起一定会幸福的。你不是说你早就饿了吗？我马上给你蜜饯核桃仁和热乎乎的山羊奶。我还会为你打一只熊，以免你在咱们家里感觉到脚冷。"

就这样，他俩紧紧裹着一件大氅消失在夜色里。仙女高兴地感到她现在不仅成了一个普通的女人，她在爱她丈夫的同时，也爱着她未来的孩子。

"公主怨"鸟

从前，有一个公主，她非常的厌倦世人的生活，如果她知道怎么样消灭自己的灵魂，她早就自杀了。有一天夜里，她从王宫里逃了出去，走呀，走呀，直到筋疲力尽，她伤心地倒在地上。哭诉着人类的卑鄙和世界的虚伪，她任由眼泪横流，最后形成了一个湖泊。

当流尽眼泪以后，公主继续上路。可是，悲哀和疲劳使她又停了下来。她站在那里，绝望地对着天空号啕大哭。她的哀号竟然变成了飞翔在空中的一群野鸟。

公主继续向前走。她眼睛干涩，嘴巴紧闭，因为她的眼泪已经流干，嗓音也哭哑了。

她走呀，走呀，直到走得疲惫不堪，一下子跪在地上。无比的痛苦使她疯狂地抓住自己的头发，将它们一绺一绺地撕扯了下来。扯掉的头发随着一阵风变成了一片树林。然后，她继续往前走。

"这是怎么回事儿?"过路的人问道，因为他们发现平常走惯了的路被湖泊挡住了。

"我是湖，我是'公主泪'湖。"

这个湖的水是苦的，它苦得像眼泪一样，因为它本来就是眼泪变成的。当天鹅在湖面上滑行时，湖水就不高兴地颤栗起来。睡莲在湖面上绽放花朵时，湖水就愤怒地泛起浑浊的波浪。它不愿意浇灌岸边的芦苇，就远远地离岸而去。

晚上，月亮透过湖心欣赏自己美丽的倒影，湖水立即搅动变得浑浊起来，并且从湖底搅起沉积的淤泥，把月亮的投影搅得十分丑陋。

今天晚上我这么难看呀! 月亮想。

如果有洗衣妇在湖里洗衣服，湖水就为她送来一条毒蛇或者一些毒蚊子。如果有人想跳到湖里游泳，湖水就用乱草把他们缠住，同时掀起大浪让他们害怕。"公主泪"湖是这么厌恶人世。最终，它干脆钻入地下，不再看地上的一切。它完完全全变成了一座地下湖。

"这是怎么回事儿？"过路人齐声问道。因为他们发现，在他们熟悉的道路上出现了一片树林。

"我们是树林，是'公主发'林。"大树齐声回答道。

这片森林伸出它所有的荆棘，把扎人的蒺藜纠结在一起，以阻挡人们走过去。它把树叶铺得十分严密，不让一点儿阳光透进来。当小鸟在树枝上筑巢时，森林就暴跳如雷，不断抖动自己的身子，想把巢里的鸟蛋弄碎。如果蕨类植物在密林深处茁壮成长，它就会厌恶地哆嗦起来，想方设法让它们窒息。在和风的吹拂下，它不像其他地方的森林那样低吟高歌，而是发出一片前后不连贯的怒骂。

"呀！我这次吹得多么不好听！"风在经过这片树林时忧郁地自言自语道。

"公主发"树林觉得生活和一切事物都是那么无趣，所以它最终还是陷入到地下。它那枯黑的树就像史前时代的植物留在煤层上的痕迹一样。

"这是怎么回事儿？"普通的小鸟们看见一群奇特的小鸟时齐声问道。这群怪鸟的羽毛是灰烬和乌云的颜色；它们不会唱歌，只会绝望地哀号。

"我们是鸟，是'公主怨'鸟。"

当太阳升起的时候，怪鸟发出更加凄厉的悲鸣，它们把头藏在翅膀下面。

"难道我看起来这么伤心吗？"太阳惴惴不安地自言自语道。

怪鸟们从来不筑巢，它们在夜的黑暗怀抱里生活。它们对造物主创造的一切都厌恶至极，所以它们最终还是和树根、死人一起被埋到地下去了。

很多年以后，人们看到一个饱经风霜满脸皱纹的老妇人，蹒跚地走在大路上。她神采奕奕，喜形于色。她的眼睛虽然失去了色泽，眼皮也有点发红，但眼神里充满了生气。

老妇人感觉走累了，便坐在地上休息。忽然，她听见地底下有人在哭泣。

"谁在哭？谁在地底下哭？"

"是'公主泪'湖在哭。"

"湖呀，到地面上来吧！我渴了，想喝一点儿水。"

于是，一滴水出现在草地上，渐渐地，一条细细的溪流渗出了地面，在草丛中缓缓地流淌着，越流越急，随即汹涌奔流而来，汇成湖泊，伸展到平原上。老妇人把身体俯在湖面上，喝了一口水，奇怪的是，原本苦涩的湖水变得甜蜜蜜的了。原来湖水待在地下时，早已成了冰水，现在在太阳的照耀下变得十分温暖。它快乐得发颤，波光粼粼，招引着蝴蝶。它感觉自己像瀑布一般浑身是劲，像清泉一般纯洁、晶莹，充满活动。

老妇人又继续向前走了。走了一会儿后，她坐在地上休息。忽然，她再次听到地底下有人在呻吟。

"谁在呻吟？是谁在地底下呻吟？"

"是森林在呻吟。是'公主发'森林在呻吟。"

"森林呀！回到自由的天地中吧！人们需要你的树荫。"

地面慢慢地隆了起来，泥土直往上翻，树木像蘑菇一般穿过泥土露出了地面。老妇人在树林里自由自在散步，用手抚摸着干枯的树枝，干死的树枝随即绽出了嫩芽。森林愉快地抖动着，把前世的悲伤从所有的嫩枝上抖掉。它伸开千百条手臂，让小鸟们在上面栖息。它用自己的生命，向大自然奉献着永恒的福祉……

老妇人继续向前走着，走累了，就坐在地上休息。忽然，她又听到从地底下传出绝望的叫声。

"谁在叫？是谁在地底下叫？"

"是鸟在叫。是'公主怨'鸟在叫。"

"啊！小鸟们，快回到光明里来吧！我非常想看见你们。"

地面像孵鸡的蛋壳似地裂了开来，鸟儿们用硬嘴啄穿了土地，钻出蛋壳，并抖抖被泥土弄脏的羽毛，用力地伸伸冻僵的身子，眯缝着眼睛望着太阳，然后把老妇人围了起来。像寻求帮助一样，老妇人用手轻轻抚摸小鸟们僵硬的喉咙，然后，它们平生第一次发出了音乐般的鸣叫声。

老妇人又用手轻轻抚摸着鸟儿们竖着羽毛的翅膀，它们黑灰色的翅膀整齐地展开了。鸟儿们随后排列成"人"字形飞向天空，口里唱着欢快的幸福的歌。

　　老妇人又继续前进了。原来她就是那个厌世的公主。当她走到自己出生的地方时，俯下身子，亲吻着故乡的泥土。可是，她已经太老了，所以当她俯身时，她突然感到一阵眩晕。跌倒在地上，匍伏在尘埃里，再没有起来，她曾经挚爱过的蚂蚁在她的周围聚集并忙碌着。

　　王国里的臣民把这位厌世的公主埋葬在森林和湖泊之间的空地上，小鸟们用翅膀遮蔽着她的坟墓。从此，湖泊变成了巨大的圣水潭。树木发着红光，成了守护她遗体的长明灯。小鸟背负着她的灵魂飞向天外。

月光宝剑

　　森林里有一座神奇的宫殿。小鸟们轮流扑展着翅膀作为宫殿的屋顶；绿树是宫殿的圆柱；交织在一起的藤萝是宫殿的墙壁；蚕儿吐的金丝织成窗帘；千万只美丽的小虫组成壁毯的迷人的图案。宫殿中还有一个大挂钟由一丛鲜花组成，当每到整点报时的时候，花瓣就按各自的颜色随着钟声一开一合。在宫殿的四个角落里有热泉，冰泉，使人僵化的定泉，会说话的话泉。它就是森林里的居民，为仙女伏丽西建造的宫殿。

　　在这个森林有个名叫莫兹的女妖，她住在四面透风且漏水的巢穴里。她非常嫉妒伏丽西。有一天，她把自己的家人们和蛇、蝙蝠及他们的亲戚们召集起来，组成队伍进行队列训练，同时把他们武装起来，让训练有素的魔鬼当这些士兵的坐骑。在莫兹的带领下，这支凶神恶煞的队伍出发了。

　　莫兹戴着高高大大的军帽，帽沿伸出来，将她脸上的皱纹和凶恶丑陋的表情掩盖了起来。一枚战功勋章在她干瘪的胸前发着刺目的红光。两枚金质的肩章在她那瘦骨嶙峋的肩上闪闪发光。她带着队伍浩浩荡荡地直奔伏丽西的宫殿而来。

　　仙女看到莫兹的队伍逼近宫殿，飞快地穿上铠甲，戴上金盔，金盔边沿露出她柔美光亮的卷发。首先由仙女指挥小鸟们飞过去迎战魔马，小鸟们勇敢地啄瞎了魔马们的眼睛。然后又指挥小鹿迎战，鹿角刺穿了敌人的肚子。紧接着藤萝就像套马索一样直奔敌人的队伍，准确地缠住正在奔驰的女妖们的脖子。混战中，受了伤的莫兹双腿拼命地夹住龙骑，一只手按住腰部伤口，止住流血，另一只手掐诀念咒，然后扔出一股地狱火焰，"砰——"，一声巨响，宫殿被炸得成了一堆废墟，伏丽西也消失在浓烟里。女妖们发出胜利的狂呼，在冒烟的废墟上手舞足蹈。莫兹急忙跑到宫殿角落的泉边，改动泉水的法术，她将冰泉改了流向，在热泉里放上毒药，把死了的魔鬼尸体扔进定泉，然后，用青苔堵上自己的耳朵，拿起砖头把话泉封上。

清扫战场后，她发布集合的命令，魔鬼们欢呼胜利，莫兹展开暗绿的军旗，带着她的队伍撤退了。

伏丽西当时还在废墟里只是昏倒，被爆炸震昏迷过去而已，并没有死。过了好一会儿，她渐渐苏醒过来，从废墟里挣扎着爬了出来。望着战场，她悲痛地脱掉已损坏的铠甲，孤身一人离开了森林。她坚难地走着，走着，最后来到了海边。筋疲力尽的她，倒在沙滩上，海浪随风一波波地拍打着她的双脚，不一会儿，海里的鱼儿都聚集到她身边来了。螃蟹也慢慢地围拢过来，蚌儿们也纷纷来到她身边，张开美丽的贝壳，海藻轻轻地裹着她的脚踝，一群海鸟飞来停在她的双肩和膝盖上。伏丽西面对这些海上的朋友们，悲痛万分，讲述着自己的灾祸。一条海鳗安慰她说：

"别难过，伏丽西！我们会为你建造一艘舰艇，比你过去的宫殿更加美丽。"

大家都同意了海鳗的意见。于是，海鸟展开五彩的翅膀充当船帆，蚌壳们张开美丽的贝壳紧紧挤在一起构成玫瑰色的船体，鳗鱼首尾相接组成船上的缆绳，海藻交织在一起为她纺织起舒适的吊床，一些带鳞的鱼儿组成了灯塔。伏丽西上了船，舰艇立即起锚开向大海。

伏丽西站在船头，突然瞥见天边出现了一只暗绿色的帆船，帆船推开浪花，飞也似的向她冲过来。船头盘着一条张着血盆大口的恶龙，莫兹立在船桅前面。在龙船后面，有一支莫兹的舰队。莫兹用干瘪的嘴唇吹着口哨，舰队立即排成了战阵。海风吹到莫兹甲壳般的胸膛上，海军服被风吹得鼓鼓的。浪花打到她发灰的头发上。她跑到船头，朝伏丽西抛出铁锚，忽然，飞在空中的铁锚被大海的浪吞去了，紧接着海浪又张开了大嘴把莫兹和她的水兵们吞没在大海中。

可是，莫兹又浮上了水面。她奋力跳到龙身上，坐在铅质的鞍辔上，挽着用几条毒蛇作成的缰绳，嘴里不住地喊道："低一点，龙，再低一点！"指挥龙骑直奔伏丽西的舰艇而来。

魔龙服从她的命令低下了头，瞧见伏丽西的船，船上歌声缭绕。

"冲过去，龙，撞击这只敌船，试试你的力气！"莫兹大吼道，"把这只小船给我击沉！冲呀！朝她直冲过去！"

可是，魔龙看到仙女伏丽西以后，被她的美貌打动了。它跳起来后腿使劲蹬着，愤怒地反抗着女妖。它掉转龙头，想把女妖扔到海里。莫兹紧紧抓着骨质的马刺，尽管手都抓破了，但仍旧紧贴在魔龙起伏不平的背脊上，魔龙奋力用尾巴去缠她，想把她勒死。可是女妖在魔龙肥大的鳞甲间爬行，最后竟爬到龙的脖子上，两手攀上龙的鼻缘，死死抓住龙鼻不放。接着她又顺势滑到魔龙愤怒的脸上，在空中晃动着，为了不被甩掉，她想把脚跺到怒吼着的龙嘴上。魔龙却"咔喳咔喳"嚼了几下，把女妖的脚趾咬得粉碎。可是，女妖却趁势堵住了它的鼻子和喉咙，使它险些窒息过去。它晃动着想呼吸一点空气，可是办不到。慢慢地，它的翅膀僵硬了，只听一声巨雷般的轰响，魔龙掉在了船上，压住了骑她的女妖莫兹。一滩鲜红的血慢慢地从莫兹身上流出，伏丽西冲过去想把莫兹救出来，可是，莫兹却像一条鳗鱼一样逃进了海里，染红了海水，迎着血红的海浪消失了。

魔龙巨大的身躯砸坏了舰艇，到处都漏起水来。眼看船就要沉没了，伏丽西跳到海里，游着离开了。傍晚，她游到一个陌生的海岸边，正要上岸，突然看见莫兹也浮出了海面，还用海藻包扎着伤口呢。手里挥舞着龙骨做的剑，原来她已回到沉船上，杀了魔龙并取了龙骨。伏丽西手上没有武器，这样战斗仙女最后只有死在女妖手里了。突然，一缕月光滑到她手上，轻声地对她说：

"我就是你的宝剑。"

伏丽西把宝剑浸到冰凉的海水里，等着莫兹的进攻。莫兹舞着剑跳过来，于是，龙骨剑和月光宝剑激战起来。龙骨剑发出隆隆地巨响，月光宝剑发出清脆的铮铮响声。伏丽西急速地挥舞着宝剑，一下子刺中了莫兹的心脏，女巫大叫一声，摇晃着倒了下去，她把龙骨剑刺进了仙女的喉咙，仙女呻吟着倒在地上。

莫兹感觉月光宝剑那彻骨的寒气钻进了她的血管里，她拼尽全身力气想驱逐身体里的寒气，她不断地抚摸着龙骨剑，突然，剑锋冒出点点火星，火星点燃了她那蓬乱的长发，一瞬间，她犹如一个怪叫着的火把一样，四处跳跃，散发出如同烧焦的尸体那样刺鼻的臭气。不一会儿，女妖就被烧焦了，只剩下了一滩油脂，这就是莫兹留下的全部东西了。

　　一只小鸟飞到伏丽西的伤口上，用嘴为她止住了血，一个蜘蛛在她的伤口上织了一个网为她包扎伤口。月光宝剑温柔地亲吻着伏丽西仙女，她立刻感觉恢复了力气。她翩翩地站立起来，在莫兹留下的油脂上洒了几滴泉水和几个花瓣。然后，她唱着欢乐的歌，拿着月光宝剑走向明媚的远方。

水晶姑娘

　　她是一个透明的玻璃小姑娘，因为她的妈妈在她出生的前夕，曾经奢望得到一套玻璃杯盘。

　　她的名字叫水晶。但她对自己是玻璃人，感到非常烦恼：因为只要她一跑动，父母就冲着她喊道：

　　"当心，别摔碎了！"

　　吃早餐的时候，她正准备喝牛奶咖啡，就听见大人叮咛：

　　"太烫了，别忙着喝，否则，你会炸开的！"

　　吃过晚饭以后，她又总是听见：

　　"别接近火，要不，你会化掉的！"

　　而且她要想吃块糖不被人看见，根本办不到，因为她浑身都是透明的。

　　不过，当一个玻璃人有时候也挺好的：大人从来不揍她，因为害怕把她打碎了，最多用手指头轻轻碰她一下；而且每次碰她的脸蛋时就发出水晶般清脆的声音："叮……叮……"

　　夏天，她喜欢穿一件薄纱的裙子。夏日的阳光可以透过她的身体，但都不会有人对她说："到阴凉地去吧！这里有太阳。"

　　她洗脸从不需要香皂，因为她是玻璃的，每次都只用洗玻璃的去污粉。她和别的小朋友那样每天都去上学。但是妈妈在她透明的头发上系上一个显眼的蝴蝶结。同时在她的帽子上面绣着两个醒目的大字：易碎。她的女同学们都特别喜欢她。因为她们能够透过她的身体看见她写的东西，并且模仿抄袭。她的水晶嗓子特别好听，在音乐课上她总可以拿到第一名。她写的作文，文风脱俗，老师十分欣赏。

　　除了透明，她还有另外一个更加优秀的特点：她从不撒谎，因为她的小嘴只说真话。她的父母也为有这么诚实的女儿感到骄傲自豪。爸爸妈妈为了奖励她，决定在她生日这一天，答应她提出的所有要求。但是水晶女孩什么要求都没提，她只需要几个小小的瓶子和一点儿水，这对她来说就已经是最漂亮的玩具了。

水晶女孩虽然没提什么要求，但父母还是给了她一个 100 法郎的钱币。圆圆的钱币，就像月亮一样美丽。

水晶姑娘把钱币带上，蹦蹦跳跳地到郊外去游玩。

可是，她刚出城，就发现钱币丢失了。

她的玻璃头发叮当作响，她的牙齿嚓嚓地响，她的心也叮铃叮铃地跳了起来！她那明亮的眼睛噙满了眼泪。这时她听见林子里的小鸟在呼唤她，可是，她得赶紧回去找钱币呀。她在路上又蹦又跳，说不定钱币就是那时从口袋里掉出来的。她一路上找呀，找呀，可就是找不到。

天黑了，她得赶快回家。一想到爸爸妈妈知道她丢了钱币不知该怎么生气，她就发怵。

快到家时，她看见邻居站在她家的门口。

"水晶姑娘，你在村子里玩得开心吗？"老妇人用颤颤巍巍的声调问她道，"你的钱币呢？你有没有把它放进贮钱罐里？"

姑娘没有回答就急匆匆地走过去了，就好像没有听见老妇人说话似的。但她立刻听到身上有什么东西咔喳响了一下。"哎呀！我打嗝了。"小姑娘自言自语说。

她心里老想着如果爸爸妈妈知道她把钱丢了的事，该会多么生气的事，就这样惴惴不安地回到了家里。

"你今天下午玩得开心吗？"爸爸听到水晶姑娘回来的声音，问她。他正在厨房里修理一把椅子。

玻璃姑娘听到爸爸问，感到腿不听使唤了，她只轻轻地点了一下头。看起来就像跑得上气不接下气，无法回答一样。但是，她身上发出了更大的响声。

"你咳嗽了吗？"爸爸问她。

这时，水晶姑娘已经回到了自己的房间，她刚走进房间，妈妈就轻轻地推门走进来了。她问女儿：

"亲爱的，你玩得好吗？"

"好。"水晶回答。

她刚撒完这个谎，玻璃身体突然发出一声可怕的炸响。她大叫一声，就碎成了碎片，仔细数来足有 1000 片。每一块碎玻璃都发出悦耳的叮当声，然后一块块地逐渐沉默下来。

"我的女儿！我的女儿！"母亲号啕痛哭着。

"叮铃，叮铃。"1000 块玻璃齐声回答。

悲痛欲绝的妈妈不怕手被划破，仔细地拾着碎玻璃，一块也不愿意漏掉。她把碎玻璃装进篮子里，顾不上回答丈夫焦急的询问，匆忙一溜烟儿地跑去找医生。

可今天是星期天，医生都不在家。幸好有个过路人给她介绍了一个接骨医生。他住在一条偏僻的街道。挂在寓所大门上的绿色的铜牌上刻着哥特式的字母，字迹已经辨认不出来了，所以她不知道医生的姓名。母亲用颤抖的手急匆匆地按响门铃，门铃发出一声叹息。

过了很长一段时间，一个弯腰驼背的老女仆才打开门，把水晶姑娘的母亲带到一个阴暗的到处被虫蛀蚀过的客厅中。四周摆着镜子，但因为光线不足并没有照出客厅的陈设，而只照出了一些半明半暗的角落。窗帘上绣着栩栩如生的人物，好像在窃窃私语。一会儿门帘一挑，接骨医生走了出来。一个外表像猴子的幽灵，或是漫画里的一阵青烟似的人走了出来，他就是接骨医生。

水晶姑娘的妈妈把碎玻璃交给他，恳求他帮助医治修复。

接骨医生非常好奇地敲敲每一块的碎玻璃，说：

"我很愿意试一试，不过有一定风险的。好吧！把她留在我这里，你明天再来。"

第二天，爸爸妈妈心情忐忑，满怀期望地来到接骨医生的住处。他们看见女儿平躺在长沙发上，好像完全修好了，而且显得比过去更加美丽。但是，她变成了一个玻璃的塑像，她再也不能动弹了。

爸爸妈妈放声痛哭着，掐着自己的手，不愿意相信这是真的。接骨医生安慰他们说："你们的女儿，每年会在水晶日复活过来。"

妈妈把女儿小心地放在自己的房间里。每年的圣·水晶日玻璃姑娘就复活了。她在房间里像以前一样跑来跑去，喝水，吃饭，同时给父母讲在365个夜里做的梦，表达对妈妈的思念。

但是，夜幕一降临，水晶姑娘就打起嗝来，她咳嗽，发抖，然后一下子就进入了梦乡。

伊莉德和她的妹妹

伊莉德和伊尔岚是姐妹俩，她们的美貌不相上下，所以，人们在赞美妹妹时也同样赞美姐姐。但她们的眼睛却有着完全不同的神情，伊尔岚的深褐色眼睛就像两面安详的镜子，而伊莉德深褐色的眼睛却时常显现忧心忡忡的神情。伊莉德虽然很疼爱她的妹妹，却常常因为而遗憾地和妹妹同时出现，自己无法单独接受人们的赞扬而感到忧愁和遗憾。伊尔岚很清楚姐姐的心思，总是避免自己。同时，她常常垂下眼帘，以遮住眼睛的光采；也尽量不说话，以免引起别人的注意。她还把纤细的小手藏起来。当人们看见她时，她连忙转过身去。可是，大家仍旧说：

"这一对姐妹漂亮得就像一个面孔上的一对眼睛。没有这一个，就想象不出那一个。"

为了结束这些令人气愤的恭维，伊莉德到水晶宫里找到一个仙女，请求她说：

"我有一个妹妹，是这个世界上我最爱的人。但是我一想到她也和我一样过着女奴一样的生活我就受不了。为了她的幸福，请把她变成一个男孩子吧！那样，她就可以摆脱现在的生活，我也不会听到人们说：看！这两姐妹同样漂亮！"

"看到你有这样深的手足之情，我很感动。"仙女回答她说，"回去吧！你的愿望一定能实现。"

伊莉德的心咚咚跳着，往家里走去。她刚走过花园的栅栏，只见一个和她一样美丽的少年前来迎接她。伊尔岚以前穿着绿色的锦缎长袍如今变成了一个穿着男装的小伙子身上的男装。只见伊尔岚的肩膀变宽了，手变大了，上嘴唇上出现了黑晕。他一条腿跪在姐姐面前，用男人的洪亮声音对她说：

"伊莉德，我感激你让我变成了男人，使我更有力量，可以更好地保护您，爱护您。"

"伊尔岚，伊尔岚，漂亮的小伙子。"伊莉德嗫嚅着说。

人们见了她俩都异口同声地说道：

"这姊弟俩长得真美，就像左手和右手一样相像。没有这一个，就想象不出那一个。"

这一席赞美就像一阵狂风卷落叶一般撑动着伊莉德痛苦的心。她难以忍受这样，于是跑到火山岩浆浇成的石塔上找到一个魔法师，请求他说：

"我有一个弟弟，是我在世界上最爱的人。为了让他避免犯罪，避免经受人世的痛苦，请您把他变成一头漂亮的牲口吧！这样它一定会幸福的。我也免得和他一起享受人们的赞扬了。"

"我很欣赏您的聪明。"魔法师说，"回去吧！您的愿望一定会实现。"

当伊莉德走过花园里的栅栏时，欢迎她的是一声长鸣。一匹配着绿色锦缎做的鞍鞯的骏马迎面跑来跪在她面前。这是一匹像伊莉德的脸色一样白净的马，马鬃和马尾却像伊莉德的头发一般漆黑，也长着和伊莉德一般漆黑深幽的眼睛。

伊莉德嗫嚅着说：

"伊尔岚，伊尔岚，漂亮的牲口……"

于是，她用颤抖的手抚摸着骏马。

从此，伊莉德经常让伊尔岚驮着她出门远游。人们看见以后都惊羡地说：

"呀！从来没有见过这么漂亮的骑士和这么漂亮的马。这个姑娘的皮肤那么白，头发那么黑！她骑的马也有这么美丽的白袍，这么好看的黑鬃！他们俩真是搭配得天衣无缝，要想分开他们除非死亡。"

伊尔岚如此美丽，以至于人们都不自觉地想抚摸伊尔岚，但伊尔岚又踢又跳，可是，人们更加喜爱它不驯的英姿。

伊莉德听到这些议论后，再次刺痛她的神经，又跑到一个洞穴里去找女巫。她撩起绿色锦缎长裙，以免长裙拖在洞里肮脏的地上；她低着头，以免碰到洞顶上垂下来的蜘蛛网。她请求女巫说："我有一匹马，我爱它胜过世界上的一切。可是，看见它什么都怕，我就很伤心，它见到影子或者反光的东西，甚至于听到一点风声都会吓得浑身发抖。请您能把它变成一株植物，赐给他树木一般的平静和安宁吧！最好这样它就只需要吸吮露水和阳光就够了，不用再吃粗糙的草料，我的耳朵也省得被同时赞扬我和牲口的话磨出茧子了。"

"呵！好心肠的人啊！回去吧！我的乖乖。我会把事情安排好的。谁也无法拒绝像你这么漂亮的美人的要求。"

在回家的路上，伊莉德远远地看见花园里有一个高大的影子。原来是一株大树。大树开满了朱红的花，透过浓密的树叶露出星星散落在地上，那朱红的花红得像伊莉德的嘴唇一样。树叶散发出像伊莉德的头发一样的香味。伊莉德这时只能心怀愧疚地结结巴巴地说道：

"伊尔岚，伊尔岚，美丽的树……"

她轻轻把脸颊贴在树皮上，感觉到一滴眼泪流到自己的脸上。她的心激烈地跳了起来，感觉到从树干到树心的每一根枝叶都在抖动。她亲吻了一下树结，大树立即伸展出青枝绿叶爱抚着她。伊莉德用嘴唇贴着树身，喃喃地说：

"我不能离你，可我又不愿和你分享人们的赞扬。嗯！这一切该结束了……"

树上的鸟鸣叫着，吹动树叶发出沙沙的如泣如诉的响声，那是伊尔岚发出的深情的呼唤：

"伊莉德，我的姐姐！伊莉德，我亲爱的姐姐！我的姐姐伊莉德!"

在漫长的黑夜里，伊莉德在睡梦中仿佛还能听到绿树的呼唤：

"伊莉德，我的姐姐！我的姐姐伊莉德!"

绿树拼命地生长，直到把它的嫩枝伸进伊莉德开着的窗户里，随后树叶飘落在屋子里，飞飞扬扬的树叶像人伤心一样泪如雨下。

天亮以后，伊莉德拿上自己的针线坐到绿树下，背靠着树干。路过的人透过园子的篱笆看见了她，高声说道：

"这个姑娘在这株绿树下面搭配得完美无瑕，格外美丽！她们就好像一幅完美的画一样。"

一天夜里，伊莉德不知怎么的，来到了地狱，她吓得浑身发抖。忽然她面前的黑暗一下子被一道强烈的亮光划破，借着亮光，她发现自己正面对一个令她毛骨悚然的家伙。这个家伙满头的红头发，梳着一个髻，髻上插着墨一般黑的发夹，一把茨冈人的梳子，斜挂在他皱皱巴巴的前额上；在他外凸的眉毛下面，他的眼皮涂得黑黑的，他飘忽不定的眼神在他涂黑的睫毛下面滴溜溜乱转。那亮闪闪的耳朵左右摇晃，耳垂一直垂到他粗壮的肩上；从他浓密的胡须里，露出抹口红的嘴唇；他那满是伤疤的脸上布满了细碎的麻点儿。因为涂了红粉，他身上散发着令人窒息的味道；他那毛茸茸的手指上戴满了亮闪闪的戒指，他的黑边的指甲染了一层厚厚的红膏。一些像牲口鬃毛一样的长毛刺穿他薄薄的袜子透了出来，他的长统高跟舞鞋上钉有马刺。身上穿着刽子手穿的血红的衣服，前襟绣着肮脏的花边。

伊莉德用怯怯的声音颤微微地问道：

"你是谁？你是男人还是女人？是人是鬼？"

"不好意思，冒昧打扰，我的美人！我叫律西费，是人也是妖，不过我是男人也是女人，美丽的小羊羔！"

伊莉德因为害怕，用短促的声音急匆匆地说：

"我有一棵树，我爱它胜过世上的一切。可是，风老是摇晃它，很可能折断它的枝丫，雷电也可能毁掉它；而且，小鸟们老是用嘴啄它的身子。我希望它不再受这些苦，请你给予他至高无上的幸福，像岩石一般仡立不动吧。请把它变成岩石吧！这样，人们也就不会说：'这个姑娘在这棵绿树下显得格外美丽。'"

"就这么着吧，我黑色的鸽子！你刚说出你的请求时，你的树已经变成花岗岩了。不过，对你也一样，我也想给你永远的幸福，这样吧，你永远不会变老，你的皮肤永远不会起皱纹，你的头发也永远不会发白，如何？"

"呀！这太好了！"

"你想得到的幸福全都能得到。来吧！黑色的百合花，从我这母亲般的嘴唇上接受丈夫的亲吻吧！"

伊莉德因为害怕而战栗起来，可是她又舍不得丢掉他的许诺，于是，她慢慢靠近魔鬼。魔鬼一把把她抱在手臂里，魔鬼手臂的皮肤像女人的皮肤那么细嫩，而手却像猛兽的爪子那样粗糙尖利。他嘴里发出了瘟疫般的气息。

在这个黑魔王的手臂里，伊莉德觉得自己快要窒息而死了。

"你的眼睛是两泓暗黑的湖水，我在里面看见了自己的影子。我一定会履行自己的诺言：你为你的妹妹祈求恩惠，我也同样要赐给你。你会享受牲畜的清福，虫子会高兴地舔你的身体，你也会变成虫子，像它们一样无忧无虑地爬行。"

"当然，你也会享受植物的安宁，树根会把它们的根须探进你的脑子里。你也可以拥有至高无上的幸福，会和岩石一样伫立不动。哪怕在最后复活的日子，你的骨头也会深深地埋在泥土里，如同地里的石头一样。"

"黑色的风暴呀！你的皮肤在没有长上皱纹的时候就会枯槁萎缩；在你的头发还没有发白时，你已经腐烂了。别害怕衰老，你在青春年少时就会进入坟墓，我黑色的星星就会殒落。"

"啊！我的上帝！"伊莉德惊叫道。

可是，上帝对她的叫喊没有任何回音，伊莉德在魔鬼的怀抱中与世长辞了。人们把她安葬在一块儿有着黑色纹路的白色花岗石下，这块花岗石就是伊尔岚化身的，它安静地躺在一株无名树生长过的地方，花岗石的纹路深深插进伊莉德的脉管里。

伊尔岚为了不离开姐姐伊莉德，拒绝了永恒的欢乐，她那深情的呼唤在天地间回响着：

"伊莉德，我的姐姐伊莉德！我亲爱的姐姐伊莉德，我的姐姐伊莉德！"

路过的人无不赞赏这块儿昂首向着苍天的美丽洁白的花岗石。而花岗石下面埋着伊莉德，过往的行人对伊尔岚的赞叹声深深地刺破大地，直刺入伊莉德的白骨。

不愿睡觉的小猫

[法] 弗朗西丝·玛格丽特·福克斯

从前有一只小猫不愿意在夜里睡觉，每天晚上它都装作睡不着。

它看似是一只文雅、柔顺的小猫，可它周围的朋友都感到不耐烦，因为它总是不停地动。

小猫总喜欢甩着尾巴走来走去。

傍晚时分，农夫给他的两头奶牛挤完了奶，农夫的妻子盛了一盆牛奶走到屋外给小猫一家送来了晚餐，这只小猫打定主意，它要整晚都不睡觉。

猫妈妈带着她的孩子们来到盆子前，舔啊舔啊，一会儿就把一盆牛奶舔个精光。然后，它们都回到牲口棚，躺在干草上睡觉了，可小猫并没有去睡。

夜幕渐渐降临了。虽然小猫也感到很困乏，但它不愿躺下；它擦了擦眼睛说："我将一夜都不睡觉！"

说完，小猫走出了牲口棚朝山上的屋子走去。它看见一条大黄狗躺在门廊下，头埋在两只前爪那里，双眼紧闭打着瞌睡。"我可不想睡觉，不！"小猫暗自下决心的想道，"我将整夜都不睡觉！"

小猫沿着山慢慢地走了下来。一群羊正在穿过围栏的大门回羊圈去睡觉。它无心去数一数它们一共有多少只。它们很快就安顿下来睡觉了。

"我可不想睡觉，"小猫说，"我将整夜都不睡觉。"它又看到马、牛和猪都回到窝棚睡觉了。小猫虽然感到越来越困乏了，但它还是坚持说："我可不想睡觉！我将整夜不睡觉。"

但是如果没有同伴陪着，整夜不睡觉真的是一件难熬的事。而此时，农庄里所有的动物都进入了梦乡，根本没有谁来和小猫玩耍。

小猫决定到动物园里，找一个未睡觉的动物一起玩儿。它相信，在整个动物世界里，总有动物和她一样晚上不想睡觉的。

走在去动物园的路上，它看到树上有一只知更鸟，头埋在双翅下沉睡着；它还看到两只野兔窝在草丛中睡觉，一只松鼠卧在路边篱笆旁边的树洞里睡觉。

很快，小猫便来到了动物园。它见到的第一只动物是一只非洲野猫，这是只非常漂亮的动物，看上去就像小猫的妈妈一样。起初，它们瞪着眼睛互相惊奇地对视着，但是，不一会儿，野猫翻个身打了个呵欠闭上了眼睛，接着它把头紧贴到自己的身子上，肚皮随着匀称而有节奏的呼吸上下起伏着，不一会儿就呼呼地睡着了。

小猫眨了眨眼睛，它拼命地把眼睛睁得大大的，继续向前走去。

小猫来到豪猪的笼子旁，只见豪猪躺在那里，四肢伸展开来，鼻子对着墙角呼呼地酣睡着。

小猫不信所有动物都睡了，它又来到了另一个笼子旁，这里住着一只浣熊。可是，笼子里的浣熊也睡着了。它的睡相憨厚而可爱，但睡姿奇特。"嗨！嗨！简直太可爱了。"小猫边说边朝前走着。

接着，它又看见了些负鼠，它们睡觉的姿势各式各样：一只负鼠把自己的头部埋到了它的后腿下面，浑身蜷缩成一个球状，一只四脚八叉地张着口呼呼地睡着，还有一只像打太极拳似的睡着。

小猫看着这些负鼠呼呼睡得那样香甜时，更加地困乏了，它的眼睛几乎睁不开了。为了强迫自己不睡着，它朝着下一个笼子飞奔过去，那是臭鼬的笼子。笼子里的一些臭鼬横七竖八地平卧着，像铺在地上的一张张毛毯一样。小猫伤心地摇了摇头，继续飞快地朝前跑去。

当它来到虎山时，正好看到老虎接连打了几个呵欠，然后，就蜷曲起身子，头埋在尾巴里也睡觉了。一会儿，它们便发出了阵阵鼾声，鼾声一会儿高一会儿低，一会儿响一会儿轻，可小猫仍然强迫自己双眼睁得大大的。

小猫又来到鹿群处。可是那些活蹦乱跳的鹿早已呼呼地睡着了。它们有的躺在草地上弯曲着四条腿，有的伸直了头像是在做梦一样，还有的弓着背、缩着脖子、头对着屁股睡觉，它们都在呼呼地大睡……

难道整个动物园里的动物都睡觉了吗？小猫想道，是的，整个动物园好像没有动物醒着。海马伸直了头，肚皮贴着地面沉睡着；猴群中，有的身子蜷曲着，有的四肢伸展着，有的卧在地上，有的肚皮朝天，但它们都双眼紧闭着正在酣睡。

骆驼卧在地上，四条腿收缩在身体下也睡得挺香。

"喵！喵！"小猫一面叫着一面继续向前奔跑。经过一阵折腾后它已经毫无睡意了，接着它又来到了大象居住的地方。此时，像弯刀一样的月亮升起来了，夜幕彻底笼罩着大地。三只可爱的小象静静地躺在地上。

而那只大象站在那里，长长的象鼻子拖在地上，它们也早已睡着了。在睡梦中，它们本能地变换四条腿，站在那儿的，偶尔轻轻地晃动着庞大身躯。小猫饶有兴致地望着它们。

"这真是太好玩了，"小猫想道。它蜷缩着身子躺了下来，它想好好地欣赏它们一番了。

小猫就这样躺在那里快乐地欣赏着，把彻夜不睡的念头忘得一干二净，它那双明亮的眼睛依旧睁得大大的，欣赏着大象摇晃身子，变换着四条腿站在那儿睡觉。它们先换第一条腿，然后换第二条，再换第三条，最后是第四条，就这样不断地替换着。

一头巨象拖着一条长鼻子，好像是象群里比较年长的，已经微微地打起了响亮地呼噜，它的鼾声比所有大象发出的鼾声都要响。

它从一条腿换到另一条腿，从头部晃到尾巴。其他所有的大象也都在变换着腿、摇晃着身子、打着呼噜，从一条腿换到另一条腿，不停地轮换着，并不停地晃啊晃，从头到尾，从尾到头……

淘气的小猫喵喵地叫着，跟随大象身体摇晃的节拍不自觉地点着头。这时，月亮已挂在半空中，繁星点点，四周一片漆黑。"嗖——"一颗流星快速地划过天空，消失了……

周围静悄悄的，淘气的小猫咪呼呼地睡着了。

癞蛤蟆与钻石

[法] 查尔斯·贝洛尔

　　从前，有一个寡妇，非常辛苦地抚养着她两个女儿。大女儿的相貌、品性与母亲极为相似，两人的脾气都怪癖，几乎没有人能与她们相处。小女儿则像她那去世的父亲，人见人夸的美丽姑娘，她不但长得漂亮，而且性情温柔、和蔼可亲，大家都喜欢她。

　　而这个寡妇偏爱大女儿而讨厌小女儿，每天只给小女儿一些残羹剩饭，而且逼着小女儿干活儿，而对大女儿却一味地百般呵护。

　　小女儿每天去小溪边提两次水，这是她最累的活儿之一。小溪离她家有一里多路，每次她必须提着满满一大桶水回来。

　　有一天，在小溪旁她刚把水装满，这时一个可怜的老妇人来到她面前，向她要水喝。

　　"喝吧，老婆婆。"可爱的姑娘温和地对老妇人说，她非常愿意帮助人，尤其是这样一个年老体弱的老人。说完，她便端起水瓢让老人咕嘟咕嘟地喝个够。

　　但是，老妇人原来是个仙女，她非常开心地看着她，决定要报答这个好心的姑娘。

　　"你是个心地善良、脸蛋漂亮的姑娘，"她对小女儿说，"你能对一个可怜的老婆子如此友善，我很感动，我要送一件礼物给你。那就是，只要你开口说话，你的嘴里就会蹦出一朵鲜花或者一颗钻石来。"

　　当小女儿提着水罐刚踏进家门，就遭到了母亲劈头盖脸的一顿责骂，说她回来晚了。"妈妈，对不起，我回来得太晚了。"她的话音刚落地，奇迹便出现了，从她嘴里一下子落下六朵玫瑰、二颗珍珠和二颗大钻石来。

"噢! 我的上帝啊, 我看到了什么!"她母亲惊讶地喊了出来, "你的嘴里吐出了珍珠与钻石, 这是怎么回事, 我的女儿?"这是她平生第一次亲昵地喊她女儿。

可怜的小女儿听见她母亲这样称呼她, 高兴极了, 于是她急切地把在小溪边遇到老妇人的事告诉了她妈妈。当她一边和母亲说话时, 宝石与玫瑰一边从她嘴里涌了出来。

寡妇见状, 立刻把她最喜欢的大女儿叫来, "我的心肝宝贝, 快看看, 你妹妹说话时, 嘴里蹦出了什么? 你难道不想得到这样一件美妙的礼物吗? 而你所要做的, 只不过是去小溪边打水。然后等着老妇人来向你讨水喝, 你要好好地有礼貌地给她水喝。"

"不, 妈妈, 我不愿意到小溪边去。"大女儿生气地回答说。

"去吧, 去吧, 我的宝贝, 就这一次, 它会给你带来好运的。"

妈妈苦苦地哀求着, 大女儿没有办法, 绷着脸, 无奈地提着家里那把最漂亮的银壶出了门。一路上, 她仍不住地埋怨、责怪。

她刚到小溪边, 便看见一个衣着华丽、容貌娇美的姑娘从森林里朝她走来, 向她要水喝。

她正是那位给小女儿带来好运的仙女, 她早就听说大女儿的事情, 她想看看大女儿究竟是怎样一个粗鲁的姑娘, 这次所以没有扮作一个可怜的老妇人, 而是像一位光彩夺目的公主那样出现在大女儿面前。

"难道你以为我来这里就是为了打水给你喝的吗?"大女儿冷言冷语地对仙女吼道, "如果你想喝水, 就自己动手吧, 你要知道, 我与你一样, 也是一个高贵的人。"

"太放肆了!"仙女强压着怒气说, "对你这种没有教养、不懂礼貌的人, 我也会公平地对待。也要送你一件礼物: 只要你开口说一句话, 你的嘴里便会跳出一条蛇或者一只癞蛤蟆来。"

大女儿一听, 吓得魂飞魄散, 急忙跑回家去找她母亲。她在家门口遇见正在焦急等待她的母亲。"怎么样, 我的宝贝?"她母亲急切地问。

"噢, 妈妈!"粗鲁的大女儿刚张口说话, 两条蛇与一只癞蛤蟆就从她的嘴里飞了出来。

　　"噢，上帝呵！"惊恐万分的母亲大叫了起来，"这一定是你那可恶的妹妹捣的鬼。"说完，她拔腿就去找小女儿，准备狠狠地揍她一顿。为了逃避母亲的毒打，小女儿只得躲到了附近的森林里，倒在绿茵茵的草地上伤心地哭了起来。

　　这时，国王的儿子打猎归来正从森林中经过，他发现了小女儿正在伤心地哭泣，王子没有见过如此美丽的姑娘，便走上前去问她，为什么孤单单地一个人待在这里哭泣？

　　"我母亲把我从家里赶了出来。"她难过地告诉王子。

　　看着姑娘楚楚动人的模样，王子心弦一动，立刻爱上了她，而姑娘也对王子一见钟情，王子请求姑娘把发生的一切都告诉她。姑娘把整个事情的经过详详细细地告诉了王子。她一边说，一边不停地从嘴里掉下珍珠与钻石来。王子见状，惊讶不已，最后，王子带着她来到王宫拜见他的父王，并请求父王同意他们的婚姻，国王同意他们成亲了。

　　而她那粗暴的不受人们欢迎的姐姐，变得越来越让人讨厌，甚至连她母亲最后也不能容忍她了，把她赶出了家门。这可怜、可悲的大女儿知道人们不喜欢她，只好钻进深山老林，不久便死在那里了。

小卢克丽霞

[法] 玛丽·威尔金丝·弗里曼

"刚走过去的那个小姑娘是谁?"老夫人埃蒙斯问。

"那,哎啊,那是小卢克丽霞,妈妈。"她的女儿回答。窗台上摆着一排花,母女俩只有伸长了脖子隔着它们朝窗外望去。

"可怜的小姑娘!"埃蒙斯夫人忧伤地说。"我觉得这孩子很可怜。"

"我看她没有什么好可怜的。"女儿安大声回答说。她是村里唱诗班中有名的女高音歌手。"而且她和其他孩子一样受到人们的照料。"

"嗯,我不知道是否有人照料她,但是我猜想没有人会疼爱她。露西和玛丽亚没有那么好的心肠——从来没有。前天我听说圣诞节那天他们将在学校里布置一棵圣诞树。我敢打赌那棵圣诞树上没有那孩子的礼物。"

"嗯,但是如果她穿戴整洁,举止端庄,我想这比圣诞礼物更重要。"安坐下来,用力地卷了一条边,在机器上缝补起来——她是一个女裁缝。

"嗯,我想是这样,但是我还是想给那个小女孩一些礼物。安,你还记得我过去为你做的那些布娃娃吗?每次你都很高兴,我想送给她一个,她一定会非常高兴的。我们就用那块蓝印花布来做布娃娃的衣服吧。"

"哎呀,母亲,你别自作多情了。她不会要的。"

"不,她一定会要的,以前你也这样。"埃蒙斯老夫人说完站起身走出了房间。

安把几块蓝印花布的零星碎料在膝盖上摊开,她挑选了一块够做一件小衣服的布料。

她们说话的时候,小卢克丽霞已经上学去了。这一天天气很冷,但是她穿得很暖和。她身上穿了一件姨妈玛丽亚的黑布衣服,肩上披了一块红绿相间的格子披巾，这是姨妈小时候外出时最常见的打扮。

　　小卢克丽霞还穿着一件用玛丽亚姨妈的衣服改制的黑色的驼羊毛衫，头上裹着露西姨妈的紫色头巾。手上戴着手套，脚上穿着玛丽亚姨妈那双厚厚的毛线袜，这样的穿着非常暖和，而且雪不会钻到衣服里去了。

　　如果穿成这样，小卢克丽霞还着凉的话，那可不是她姨妈的过错了。她穿得厚厚实实笨手笨脚但又快乐地走着，手里稳稳地提着她的小饭盒。

　　沿路两边长着一丛丛的常绿灌木、扁叶石松和铁杉等树木。小卢克丽霞欣赏着两边的风景，径直走着。不一会儿，她来到了艾尔玛·福特的家，这里离学校已经不远了。她来叫艾尔玛和她一块儿去上学。艾尔玛穿着镶着毛皮的冬衣，头上戴着鲜红的头巾，显得整洁、漂亮。

　　"喂，卢克丽霞！"艾尔玛说。

　　"哎！"卢克丽霞回答。她们欢快地打了招呼，然后踩着轻快的步子一起去上学。路边的常绿灌木丛变得越来越稠密了。

　　"你和其他同学一块儿去挑选圣诞树了吗？"小卢克丽霞嗫嗫地问。

　　"是的，我们一直走到十字路口的那家商店。他们不让你去，对吗？"

　　"是的。"小卢克丽霞笑着说。

　　"我想这太过分了。"艾尔玛说。

　　"他们不能同意我去。"小卢克丽霞模仿着别人的口气说。

　　当她们来到学校之后，小卢克丽霞花了很长时间才把裹在身上厚重的东西取了下来。学校里每个人都穿得整洁亮丽，没有一个人像她这样穿戴的。如果从后面看去，她真像一个身材瘦小的老太婆。

　　她那黄中带红的头发梳成了两根可爱的小辫子，用一根绿色的蝴蝶结扎在一起。小卢克丽霞虽然脸上总是带着微笑，尽管她长得并不惹人喜欢。她的学习成绩非常好，拼写生词、做数学题比其他同学都快而且做得很好。

　　她在门厅里把头巾等裹着的东西取下来。那里搁着一些常青灌木，远处的一个角落里摆放着一棵漂亮的铁杉树。小卢克丽霞不经意间看到了那棵树，她那张笑脸就像冻僵一样，马上泛起了一丝失望。

　　"那是圣诞树吗？"她走进教室后问其他姑娘。老师还没有来，所有的同学都在吵闹和欢笑，没有人听她的问话或者是不听她的问题。她拉住一个人，连续问了好几次才得到了回答。

"你说什么，卢克丽霞·雷蒙德？"那个小姑娘不耐烦地问。

"外面那棵树是圣诞树吗？"

"那当然啦。嗨，卢克丽霞，今晚男同学们将把它竖起来，我们要把它装饰起来，你能过来帮助吗？"

其他的姑娘也一齐问："你能来吗，卢克丽霞？"

小卢克丽霞带着真诚的微笑，望着所有的姑娘，面带失望和愧疚地说："我想我不能来。"

"你的姨妈不让你来吗？"

"她们不会让我来的。"

艾尔玛·福特昂着头说："嗨，我可无所谓。只是我认为你的姨妈太过分了——就是这样。"

小卢克丽霞的脸变得更红了，她再也笑不出声来。她正准备要解释什么时，一个年龄稍大一点儿，好像颇有权威的姑娘说："她们是两个卑鄙、吝啬的坏女人。"

"她们不是。"小卢克丽霞出乎意料地说，"你怎么能这样说我的姨妈，露易丝·格林？"

"啊，如果你愿意的话，你可以为她们袒护。"那个名叫露易丝·格林的姑娘回答说，"如果你愿意的话，你可以做，但是我们再也不会同情你了。而且在这棵圣诞树上也不会有你的礼物。"

"我会的。"小卢克丽霞高声喊道。

整整一天，小卢克丽霞一直在想她一定要和其他同学一起来参加圣诞树的布置和装饰，而且她也想从圣诞树上获得节日礼物。一种为她的姨妈和她自己感到惭愧的想法占据了她的头脑；她觉得她必须袒护她的姨妈，维护家庭的荣誉。

"我希望今天晚上能去参加圣诞树装饰活动。"放学后，在回家的路上她对艾尔玛说。

"你认为她们同意让你来吗？"

"我相信她们不会让我来的。"小卢克丽霞态度严肃地说。

"嗨，卢克丽霞，如果让我妈妈上门来向你姨妈求情的话，你认为会有用吗？"

小卢克丽霞惊恐地看了她一眼。"啊，我想这不会有任何用处的。"她激动地说，"但是艾尔玛，我希望你可以和我一块儿回家，陪我一起去问姨妈。"

"我会的，"艾尔玛热切地说，"只是请稍等一会儿，我需要先去告诉我妈妈一声。"

但是这样做仍然毫无用处。艾尔玛帮着卢克丽霞求情，她小心翼翼地说："请让卢克丽霞去吧。"可这没有任何作用。

"我不同意小卢克丽霞在晚上出门。"露西姨妈厉声说。玛丽亚姨妈也不同意。"说什么也没用。"她说，"你不能去，小卢克丽霞，坐下来缝你的东西。艾尔玛，你该回家了，我想你妈妈需要你做帮手。"艾尔玛就这样被轰走了。

"今天你为什么带福特家的那个小姑娘来向我求情呢？"露西姨妈责问小卢克丽霞。

"我不知道，我只是希望她能和我一起求情。"小卢克丽霞一边缝着东西一边结结巴巴地回答。

"以后你不能再做这种事。"露西姨妈命令道。

"如果我们不让你去装饰圣诞树也是你自找的。"玛丽亚姨妈严厉地说。小卢克丽霞听了身子一阵颤抖。她早就想得到姨妈允许去装饰圣诞树，现在她失去这个机会真是太可惜了。她低着头认真地缝着。

吃过晚饭后又过了半小时，小卢克丽霞缝好了一块方巾，把它送到露西姨妈手上。露西姨妈戴上花镜，仔细地看了一下。"很好。"她最后说，"你看看，如果你能认真缝的话，你就一定可以缝得相当不错。"

"我一直这样跟她说的。"玛丽亚姨妈插了一句，"有时候她竟然莫名其妙地缝得乱七八糟。听着，卢克丽霞，你该上床睡觉了。"

小卢克丽霞默不出声地穿过起居室，穿过餐厅，来到了厨房。过了很长时间，她才拿着点燃了一根蜡烛走了回来。然后她意犹未绝地站在那里。

"你还有什么事吗？"露西姨妈大声问道，"小心，你把蜡烛端斜了，你会把蜡烛油滴到地毯上去的。"

"你为什么又心不在焉?"玛丽亚姨妈厉声责问。

"今天的圣诞树上会有许多礼物,他们每个人都会得到喜欢的礼物。"她说。她又把蜡烛端斜了。

"你不会把蜡烛端正吗?"露西姨妈大声喊起来,"谁将得到喜欢的礼物?"

"所有其他的同学。"

"啊,其他的同学可以有喜欢的礼物。那是因为她们的家人喜欢给她们买礼物,所以他们可以得到。"露西姨妈说,"所以,你不要奢望得到任何礼物。我是不会给你送什么圣诞礼物,因为那是一种愚蠢的做法。"

小卢克丽霞的嘴唇颤动着,她几乎说不出话来。"如果我得不到任何东西——他们一定会觉得很奇怪的。"她说。

"让他们感到奇怪好了。你给我睡觉去,不许再提这件事了,小心把蜡烛端正一些。"

小卢克丽霞眼含泪水地上楼去了,同时她也努力想把蜡烛端直,但现在真的不是一件轻松的事。

躺在床上,她久久不能入睡。她悲伤地哭泣着,然后她苦苦地思索起来。因为她还要保全家庭声誉,终于她想出了一个好办法。

第二天她开始按昨晚想的办法实行预定的计划。这一天学校没有课。下午她的两个姨妈都去缝纫组了。她俩大约走了一个小时之后,小卢克丽霞手提着几包东西也上了路。她悄悄地溜进了学校,把包里的东西与其他的礼品混在一块儿,然后又偷偷地溜出了学校,跑回家中。学校里有一些同学正在布置装饰圣诞树,但同学们都没有注意到她,因为大家根本就没有想到会有这种事。

圣诞前夕7点的庆祝活动在学校正式举行。首先举行开场仪式,接着有朗诵和歌唱表演,然后是分发礼物。那天晚上,小卢克丽霞一吃完晚饭就上楼回到她的房间,不一会儿她就全身穿戴好下了楼。

"你准备好了吗?"露西姨妈问。

"准备好了,姨妈。"小卢克丽霞回答。她的一只手放在门框上。

"我不相信,你只穿好了一半。"玛丽亚姨妈问,"你的蝴蝶结系好了吗?"

"系好了，姨妈。"

"我想最好让她把衣服脱下来，让我们检查一下。"露西姨妈说，"这样的圣诞夜，我们不能让她穿得乱七八糟地到学校去，省得别人的风言风语。把你的外衣脱下，卢克丽霞。"

"啊，我穿得好好的，真的。"小卢克丽霞争辩说。她牢牢地抓着那条格子披巾不放，但这毫无用处。还是被姨妈把外衣扯了下来，看到卢克丽霞反穿着衣服，她把衣服的扣子扣在后面。她低着头，斜着身子颇不舒服地站在那儿。

"卢克丽霞·雷蒙德，你为什么这样穿衣服？"

"所有其他的姑娘都是在背后扣扣子的。"

"所有其他的姑娘！哼，可你不行，我不能让你这样穿着出去。站到这里来！"

小卢克丽霞的衣服被猛地解开了。她被迫把衣服脱了下来，然后按照露西姨妈的意愿反过来穿好。当她最终出发时，她感到非常悲伤和疑惑不解。但是不大一会儿她又欢快起来。

整个圣诞节的开场式的过程中，她比谁都欣喜若狂。她津津有味地听着演讲和歌唱。她安静地坐在那里，两只小手不停地有节奏的挥舞着，脸上挂满了欢欣的笑容。

终于到了分发礼物的时刻，她的名字是在第一批叫到的人里。她急切地站起身，飞快地沿着走廊走去。她从老师手中接过一只小包，欢快地回到她的座位。这时，她突然看到了她的姨妈露西和姨妈玛丽亚。

她怎么都不会想到她的两个姨妈会到学校来；其实她们自己原先也没有想过能来。一个邻居前来把她们说服了，她们放弃了她们信奉的行动准则，终于同意前来参加学校的圣诞晚会。

小卢克丽霞的名字被一次又一次地叫起。她每一次朝圣诞树走去时都显得更加勉强和害怕；她看到她姨妈用那越来越惊讶的目光注视着她。

圣诞的礼物很快就分发完，小卢克丽霞仍一动不动地坐在那里。她收到了很多礼物满满地摆放在她的桌子上，而且还有一个包放在她的腿上。她就这样抱着，一个也没有拆开，这些礼物都用棕色的包装纸整齐地包着，上面写着卢克丽霞的名字。

卢克丽霞静静地坐在那里。她周围的同学们都兴奋地交谈着，互相比较她们各自的礼物。但是当她的两个姨妈朝她走来时，她仍一动不动地坐在那儿。她们走得很慢，还停下来和老师说了一会儿话。

"你这些包里都有什么？"露西姨妈问道。"为什么你不打开它们？"小卢克丽霞没有应声，只是可怜巴巴地看着她的姨妈，无比伤心地摇摇头，仿佛是在说着什么话。"怎么啦，你为什么这样，孩子？"露西姨妈惊奇地大声说。这时玛丽亚姨妈也来了。同学们觉察到了什么，都围拢到小卢克丽霞的身边。忽然，小卢克丽霞委屈地哭了起来。

"这孩子究竟怎么了？"露西姨妈不解地问。她随手拿起桌上的一个小包并且拆开了它，一本烫金的红皮书映入眼前。她仿佛在哪里见过似的，拿到眼前仔细地看了又看，激动地翻开首页。"哎呀，这是我18岁时苏珊姑妈送给我的圣诞礼物！这究竟是怎么回事？"

玛丽亚姨妈又拆开了另一包。"这是《花卉图册》，"她声音颤抖地说，"我们一直把它放在北客厅的桌子上。这里有我的名字。这空间是怎么一……"

露西姨妈仿佛知道了什么，她默默无语地拆开一包中取出了一只用丁香木雕成的苹果和一只鹦鹉螺壳。最后一包是一个穿着漂亮蓝印花布衣服的布娃娃，她的双颊还用酸果汁涂成了红颜色。当小卢克丽霞见到后，她大吃了一惊，随即激动地，疯狂般地一把抱住了它。

"啊，"她呜咽地说。"真的有人送给我礼物了！这是我的礼物！"

那天晚上，从学校回家的路，小卢克丽霞仿佛不是走的。更像是被夹在两个高个子姨妈中间拎着回去的，因为她两只脚尖只是偶尔碰下地面。一路上她们都沉默不语，只是当她们来到无人的地方时，两个姨妈开始接连责问小卢克丽霞今天的事情，最后小卢克丽霞委屈地大声哭了起来。

"呜！"她哭着说，"我只是借用一下，马上把它们放回去，它们没有被我弄坏，我非常小心，它们和之前一样完美无损。大家说你很凶很吝啬，不会给我准备礼物。而我又不希望他们这么说，我要让他们知道你们对我很好，我和其他孩子一样在圣诞节都会收到礼物。"

她们回到家里之后再没说什么，两个姨妈对所发生的事仍感到无法释怀，因此也没有什么话可说。她们只是叫小卢克丽霞点了蜡烛上床睡觉。

她们拿走了她所有的圣诞礼物，包括那个布娃娃，把她和那个丁香木苹果、鹦鹉螺壳以及那本花卉书一起放到了客厅壁橱里。小卢克丽霞伤心极了，在这个可怜的圣诞节前夕，她获得的唯一的一件礼物就这样被收走了，这真让她万分的悲痛。

"呜，"她哽咽着说，"我的布娃娃！我要我的布娃娃。哇！哇！哇！我要她，我要她！"

小卢克丽霞点着蜡烛一边上楼一边哭泣。她的姨妈都进了自己的房间，小卢克丽霞仍旧在哽咽着叫喊着："我的布娃娃，我要我的布娃娃！"那叫声让人听了都不自觉地流下眼泪。

两个姨妈互相对望着。她们在壁炉旁皱着眉心重重地坐下来。

"我说你对她是不是太严厉了，露西。"玛丽亚首先开口说道。

"我不知道我是否比你对她更严厉。"露西反驳说，"说心里话，我是不是应该把她的布娃娃还给她？"

"我觉得我们最好把布娃娃还给她，让她别再哭了。"玛丽亚说。

露西应了一声，然后就不再说话了，她起身到客厅里取出了那个布娃娃，拿给小卢克丽霞。接着，她又来到厨房拿来了一块蛋糕，送到了楼上，并且亲切地告诉她吃完后就睡觉。小卢克丽霞高兴地抱着布娃娃，也渐渐不再哭泣，她拿起姨妈给她的蛋糕吃了起来。

两个姨妈在壁炉旁。在她们离开之前，露西犹豫地望着玛丽亚，然后开口说道："我想你看见过怀德商店里那个蜡制洋娃娃，是吗？"

"那个穿着粉红色衣裙的洋娃娃吗？"玛丽亚问。

"是的，那儿还有一张小床，不知道你是否注意到了。"

"你一提起我倒想起来了。前天我去买花布时看到的。那里还有一辆小童车呢。"

两个姨妈相视了一会儿。眉头渐渐舒展开来，她们会心地一笑，"我想把它们买来，做为给她的圣诞礼物，这样做会不会是傻透了。"露西似乎放松了很多包袱似的说。

"她一定会高兴得跳起来的。"玛丽亚带着激动的语调颤抖着说。

"如果我们现在就去的话还可以买到并在今晚送给她。"露西急切地说。她们仿佛换了个人似的，真的说去就去，把几样东西都买了回来。

　　圣诞节这一天，大约在下午 3 点钟时，埃蒙斯老夫人手提着一个小包来到了小卢克丽霞的家中。当她走进客厅时，发现小卢克丽霞正待在客厅的角落里，周围全是她的宝贝玩具。她正抱着一个洋娃娃，脸上洋溢着天真无邪的笑容。

　　"我的天！"埃蒙斯老夫人惊呼起来，"这不都全了吗？你有了一个大洋娃娃，一张小床，一辆小童车，一张桌子和一个柜子。我说啊！我像你这样大的时候根本不知道要什么。你太幸福了，我为你送来了一些布，如果你喜欢的话，你可以为那个布娃娃再做些衣服。"

　　小卢克丽霞的眼睛里现出了喜悦的目光。

　　"真是太谢谢你了，你想得真是太周到了。"露西姨妈说，"她很喜欢那个布娃娃，也很高兴为布娃娃做衣服。我很高兴你来我家，埃蒙斯夫人。我早就想去看你了。我还想看看安，想去看看她是否有扣子在背后的衣服样子，我想为小卢克丽霞做件现在最流行最漂亮的衣服。"

　　小卢克丽霞的眼睛更明亮了，喜悦和激动充斥着她水汪汪的眼睛，像两颗小星星一样闪着光。她由衷的笑容就像一朵盛开的鲜花。她的世界变得明亮而可爱，她爱这个世界中的每一个人。

希望戒指

[法]　弗里达·戴维森

很久很久以前，有一个贫穷的农夫，尽管他一年到头都在不停地忙碌着，可他还是很贫穷，生活过得很艰辛。一天，他在地里干完活后坐在田埂上小憩时，这时有一个老仙姑从那里经过，她对农夫说道："你这样做，最终还是永无出头之日，为什么还这样劳动呢？让我给你指点一条出路吧。你沿着这条路一直走下去，一直走到看见一棵高大的松树为止。这棵松树比森林里所有的树都要高，你把它砍倒，然后会给你带来好运的。"

农夫按照仙姑的话拿着斧子上了路。他走啊走啊，整整走了两天两夜，才看见那棵高大的松树。于是，他拿起了斧子对准这棵大树砍了起来，砍了很久以后，大树终于倒了下来，在树冠的地方有一个鸟窝，里面有两只鸟蛋。

随着树倒下，两只鸟蛋掉在地上滚了几下，便裂开了，其中一只鸟蛋里钻出来一只小鹰，而另一只鸟蛋里却滚出了一枚金戒指。那只刚出来的小鹰随风而长，越长越大，一会儿便长到农夫的一半儿高了。小鹰尝试着拍了拍它的翅膀，嗖的一声朝着天空飞去，它一边盘旋着一边对农夫说："谢谢你把我从魔法中拯救了出来，我会报答你。拿上那枚金戒指吧，这是一枚希望戒指！当你希望得到什么东西的时候，只要把它戴在手上旋转一圈儿，然后大声说出你的希望就可以实现了。但是你务必要记住，希望戒指平生只能使用一次。然后它就会失去魔力，变成一枚普通的戒指。因此，你在使用它之前一定要仔细地考虑，免得以后后悔。"说完，这只雄鹰便向天空飞去，消失在视线的尽头。

农夫戴上戒指，高高兴兴地往家中走去。傍晚时分，他来到的一座小镇，大街上人来人往，街道两旁有很多店铺，他看见一个珠宝商人正站在他的商店门前，商店里放着许多价值连城的戒指与珠宝。农夫走上前去，把手上戴的那只戒指给他看，问道："先生，你觉得我手上的这个戒指能值多少钱？""这值不了多少钱。"珠宝商不屑地看了一眼然后答道。"哈哈，哈哈，"农夫满足地笑着说，"原来你对戒指并不很在行。"他说那是一枚希望戒指，它的价值比他店里所有戒指加在一起还大，接着就把自己得到戒指的经历告诉了珠宝商。

这个珠宝商是个非常贪婪的家伙，听到农夫这样一说，就想把它据为己有，于是他殷勤地邀请农夫在他家留宿，并为他准备了非常丰盛的晚餐款待他。农夫被珠宝商灌得酩酊大醉，人事不省，头重脚轻栽倒在床上呼呼地睡了过去。珠宝商随后轻手轻脚地来到农夫的身边，把他手上的那枚戒指偷偷地摘了下来，同时，把另一只看上去似乎一样的普通戒指戴到了农夫的手上。

第二天早上，农夫并未发现异常，谢过珠宝商后就回家了。珠宝商急忙走进他那间最大的房间里，锁上房门，关紧窗户并拉上了窗帘。然后，他站在房间的中央，一边转动着手指上的戒指一边歇斯底里地叫道："我立刻就要 100 万块金币！"

他的话音未落，那些又亮又硬的金币，就如雨点般地开始掉下来，不断地砸在他的头上与肩上。珠宝商痛得大叫起来，喜悦的期待变成了死亡的恐惧，急忙夺路而逃。可是一阵又密又大的"雨点"，把他砸倒在地昏了过去。又过了一会儿，已经掉下来数十万块金币，地板都被压坏了，珠宝商也从破碎的地板洞中掉进了地窖里。可金币还是不停地往下落呀落，一直落到 100 万块金币全部落完才停止。这时候，那个贪婪的珠宝商已被暴雨般的金币砸死了。邻居们在金币底下发现了死去的珠宝商，他们无不感慨地说："看来金钱一下子来得太多也未必是好事！"接着，他们便把这些金币带走分给了穷苦的人。

农夫回到家中给妻子看了那枚假冒的希望戒指，他说："现在我们不用再担心忍饥挨饿了。瞧，我们得到了一枚希望戒指，我们希望什么，它便会满足我们的愿望，但希望只能使用一次，我们得仔细考虑考虑。"他的妻子问他，我们是否可以希望再得到一英亩土地。"噢，不，"农夫坚定地回答说，"靠我们自己辛勤地耕作，再赶上好的年景，我相信我们有能力再买一英亩土地。"这一年夫妻俩比以往更辛勤劳动，终于换来了好收成。秋收后，他们真的又添了一英亩地，并且还有节余。"现在，"农夫的妻子说，"也许我们可以让希望戒指给我们带来一头牛或一匹马！"

"别胡说八道，怎么能让希望戒指的魔力浪费在这样一件小事上呢？"农夫对妻子说，"如果我们继续努力辛勤地干活儿，过不了多久，我们就可以用我们的积蓄买到它们。"到了年底，他们真的攒了一笔钱，并用这笔钱买回了一匹马和一头牛。"瞧，"农夫欣喜若狂地说，"我们把希望留到了明年，而我们仍然得到了我们需要的东西，我们将是最幸运的人了。"如此下去，这希望不停地往后推，终于有一天，农夫的妻子满腹牢骚地说："到底何时我们才能使用希望戒指呢？以前你对东西总是渴望，而现在当你得到了它们之后，你反而更加辛勤地劳动。如果我们借助于希望戒指，不是更好吗？"

"不！亲爱的，"农夫坚定地回答说，"我们还很年轻，我们的生活道路还很长，而这枚希望戒指的魔力只有一次。假如我们轻易地使用了它，当我们以后真正需要时怎么办？人生的路还很长，谁知道我们以后会遇到什么麻烦呢？另外，我们的日子现在过得已经富裕起来了，我们的邻居都很羡慕我们。所以要理智一些，慎重地考虑考虑我们究竟希望得到什么东西。"

从此之后，幸运之神一直伴随着农夫和他的妻子，他们辛勤劳动，加上风调雨顺，连续几年都获得了大丰收，他们的仓库里堆满了粮食与干草，生活愈加的富裕了。

若干年后，农夫成为当地的富翁，但是白天他还是和他的帮工一起在地里干活；晚上，他和妻子、孩子坐在屋子边的大树底下愉快地和邻居拉家常。作为富翁，他在自己富足的同时，也乐于帮助乡亲们，人们对他相当友好，而且大家也乐于帮他打工，农夫过上了舒适的生活。

他们就这样过了一年又一年。农夫的妻子偶尔也会提醒她丈夫，他们还没有使用过希望戒指。每一次她都会建议丈夫向戒指提出这样或那样的希望，可每次都被丈夫劝了回去，因为农夫认为最后的想法才是最好的。

以至于后来他们谈到这枚戒指的时间越来越少了。但是农夫几乎每天都把戒指拿出来看一看，但他总是小心谨慎，不让自己脱口说出任何希望来，而对于自己想到的希望又总是因戒指而激励自己努力去实现。

　　30年过去了，40年过去了，时光如梭，转眼间农夫和他的妻子都老了，头发也都白了，他们在一起度过了幸福的一生，也共享了一个愉快的晚年。再后来，农夫和他的妻子在同一天晚上先后离开了人世，他们的子孙把他们合葬在一起，在他俩的墓前，常年摆放着许多的鲜花以表示对他们的思念。

　　农夫和他的妻子至死也不知道他们得到的是一枚被调了包的假戒指，可这枚假的希望戒指却不断鼓励他们，给他们带来了幸福和财富。从中我们可以得出这样一个结论：一件东西是否有价值，不在于它值多少钱，而在于它能为人们带来多少价值，一文不值的东西在一个诚实人的手中结果会变得很有价值；而一件很有价值的东西到了一个不诚实的人手中也会变得一文不值，甚至还会带来难以想象的灾难。

坏事变好事

[法] 马乔里·费希尔

瑞安是艺术课老师，班上有 20 个学生。某一天，全班集体来到大都市博物馆。学生们整齐地走上博物馆大理石台阶，她则走在队伍的旁边，前前后后地照看着两排孩子。

队伍的最后面是玛丽·安和弗朗西丝，她们是最要好的好朋友，她们本来是并肩而行，但现在，玛丽·安却落到最后面。比弗朗西丝还要落后。弗朗西丝是她最好的朋友。瑞安小姐向后看着玛丽·安。

"玛丽·安不能再磨磨蹭蹭了。"瑞安小姐说，"快点儿跟上队伍。"

玛丽·安紧赶了几步，然后没有多久她又落到了后面。因为她在想，这里是硬木铺成的地板，是个溜冰的好地方；而且今天大多数的展厅都是空无一人。你可以在展厅里无所顾忌地任意滑动，甚至大喊大叫。可以围着那些又高大又笨重的雕像飞转，撞上去也不会倒下来。如果你有一双旱冰鞋，那就可以这么干。虽然玛丽·安渴望自己有一双旱冰鞋已有很长一段时间了，但直到现在她还没有。有时候当她到公园去时——假如她有了旱冰鞋——她真想像跳舞一样飞旋，穿梭般地滑行，并且和弗朗西丝以及其他有旱冰鞋的孩子一块做警察抓小偷的游戏。也许下一个圣诞节她能得到，但是那还有好多日子，也许她能在生日时得到一双旱冰鞋。

20 个学生陆续跨进了展厅。在这里或那里，瑞安小姐高高地举起她的手招呼大家不要乱走，安静点儿，孩子们停止了走动，静静地站在那里听她向他们介绍这幅画或那幅画的来历和价值，有时候瑞安小姐戴的眼镜像镜子一样照出对面墙上的画，但那时画都变得很小，并且随着镜面弯曲，变了样。

瑞安小姐在一幅尺寸不大不小的画前停了下来，那幅画上画着一张桌子，桌上放着一瓶酒，一个面包，一把刀和一篮水果。玛丽·安心想这幅画真不错。在它的旁边有一个画架，上面也有一幅一样大小的画，画着同样的东西。原来这是墙上那幅画的临摹画，画得逼真极了，如果不是通过那框架看出不同之外，没有人能把它们区分出来，似乎它们是用镜子映射的一样。

"这是怎么回事，瑞安小姐？"

"画家可以到博物馆来临摹。"瑞安小姐说，"这是一幅非常著名的画，所以会有人来临摹它了。"

"如果是我决不会这样，"玛丽·安说，"我宁愿自己画，即使画得很差也无所谓。"

玛丽·安跟在全班同学后面，她站在那幅临摹的画架前，看看这幅画，又看看那幅画。她看到那幅临摹画上的油彩好像还没有干。她非常想验证一下自己的判断，尽管她知道不应该那么干。但是她还是不自觉得地伸出了她的小手，用她的食指按在画架上的那幅画上。她感到手指下面的颜料滑动了一下，啊，天哪！油彩真是湿的。

玛丽·安赶紧离开那幅画，紧走几步追上弗朗西丝，和她并肩走在一起。

"我看见你干的好事了，"弗朗西丝小声说，"不过，好像你很幸运，瑞安小姐没有看见那上面留下的痕迹。"

玛丽·安没有回答。她默默地在弗朗西丝身旁走着，正在因为自己刚才的冒失而担心，急促地喘着气。

瑞安小姐带着20个学生继续向前走，她们走走停停，停停走走，瑞安小姐也不断地介绍着。玛丽·安心想：画像窗子一样，通过它们你可以看到人们以前是如何看待世界上的一切。接着他们又来到了放着许多家具的大厅，在这里是一个人们日常生活习惯的展示画区，可以看到人们以前是如何坐立、写字、缝衣和睡觉的。有一幅画引起她们注意：那儿有一张带顶的大床，两个雕刻出来的金色的爱神丘比特手捧花环从天而降，抓住了床顶上的绿色丝绸。

"这是洛可可式家具。"瑞安小姐说。

"洛可可。"玛丽·安自己暗自想着。或许这是某种玩具的名字，或者是一种鸽子的叫声，或者是你在溜冰时发出的某种声音。

"洛可可。"玛丽·安大声地叫了起来。弗朗西丝向她看了一眼，也跟着大声喊叫。

"洛可可。"弗朗西丝嚷道。

"洛可可。"玛丽·安学着模仿鸽子叫着。

玛丽·安和弗朗西丝开始笑出声来。她俩一边走一边顽皮地互相碰触着身体。"洛可可！"她们笑着说完又转身分开了。她们走走停停，停停走走。玛丽·安又开始把身体靠到弗朗西丝这来，她感到累极了。

"好了，同学们，"瑞安小姐最后说，"今天的参观就到这儿；现在我们向后转了，找出口。"

全班同学都转过了身子，玛丽·安和弗朗西丝成了队伍的第一排，她们并肩走着。当她们来到家具展厅时，玛丽·安和弗朗西丝又兴奋地喊了起来："洛可可！"他们走过一幅又一幅的画，最后来到了原先架着那幅临摹画的大厅里。

"看，"弗朗西丝说："那幅临摹画不见了。"

"啊！"玛丽·安惊讶地失声叫了起来。"墙上挂的是那幅临摹画，真的是那幅被偷走了！"

"你怎么知道？"弗朗西丝问。

"快！"玛丽·安大声说，"我们必须去报告给博物馆负责人。"

瑞安小姐看到前面好像出了什么事，急步走到玛丽·安和弗朗西丝中间。

"你们在吵什么？"她问。

"那幅画！"玛丽·安说，"那幅真画被偷走了。这幅画原来是在画架上的那幅临摹画。"

"别乱说。"瑞安小姐说。

"真的！"玛丽·安大声说，"我们必须马上报告博物馆馆长。"

"快走吧，"瑞安小姐说，"我从来没有听到过这种胡话。"

这时候，在其他展厅里的几个人听到了这儿的吵闹声，他们停下了脚步围拢过来，想看看发生了什么事。一个身穿蓝制服的警卫走过来提醒他们这里是博物馆，示意大家要保持安静。

瑞安小姐也开始催促让他们马上离开博物馆，但玛丽·安知道真的画被偷走了，可是瑞安小姐根本不会相信她，而如果耽搁时间，那幅真的画将会消失的无影无踪，再也找不回来了。

"我必须告诉博物馆负责人。"玛丽·安叫喊着说。她急得团团转，不知道该上哪儿去找。路几乎堵死了，此时，走廊的一边站着全班同学和瑞安小姐，还有那个警卫和其他一些看热闹的人。她从一幅幅画的旁边冲过，尽力地躲闪着参观的人们，但还是不时地撞到他们。大家都纷纷回过头盯着她，其他 19 个同学也不太清楚怎么回事，但却不自觉地跟在她身后奔来。

玛丽·安跑到家具展厅，那里有两个警卫从门口向她走来。她绕过两把椅子和一张桌子，又跳过围在那张洛可可式大床四周的绳子。两个警卫伸手去抓她，但没有抓住。她一下跳到了床上，站在床上。那床垫真硬啊，真像一块硬木板！她在床上又来回跑了一会儿，当两个警卫跑到床边来抓她时，她从床上跳下来，跃过绳子，又跑出了那间大厅。

她跑到了一个铺着大理石的大厅里，大厅的的右边，她看到有扇大门上写着"馆长办公室"几个大字。她一用力，推开了那扇沉重的大门，就在即将被抓住的一刹那冲了进去。

"一幅画被偷走了。"玛丽·安气喘吁吁地对办公室里的人说，"我可以证明它被偷走了。只要跟我来，我指给你们看。没有人相信我的话，连瑞安小姐和我的好朋友弗朗西丝都不相信我，但是我可以带你们去看。要赶紧过去！"

当她讲完这些，从里面一间办公室里走出来一位老人，与此同时，瑞安小姐和四个警卫也从外面冲了进来。

"让我们去看一看就明白了。"那位老人和蔼地说，"博物馆里有很好的防盗措施，在这儿偷画几乎是自投罗网，但是必须提高警惕，去核实一下。"

大伙都朝那个展厅走去。那个和蔼的老人和玛丽·安走在前面，后面跟着瑞安小姐、弗朗西丝、其他同学、看热闹的人和警卫们。当他们来到了那幅画前时，那个老人戴了一副眼镜，仔细地察看那幅画。过了一会儿，他朝玛丽·安转过身来。

"这幅画画得很好，"老人说，"但是这是一幅临摹画。那幅真画被偷走了。现在我回我的办公室去，你们在这里等我一下好吗？"

他们在等候那老人时，瑞安小姐才明白玛丽·安刚才说的是怎么回事，这样看来，一切也都是理所当然的。当那个老人出来时，他腋下夹着一本蓝皮面的书。

"这是奖励给你的，玛丽·安。"他说，"里面的彩色图片都是仿照博物馆里的藏画印制的，也包括那幅被偷掉的画。没有你的话，或许这幅画可能会被偷运到国外。你干了一件了不起的事，那幅临摹画几乎可以使每个人都上当受骗。"

"我想我不会受骗上当。"玛丽·安说。

"那么收下这本书，玛丽·安。"那个和蔼的老人说。

玛丽·安接过那本漂亮的书，很有礼貌地说了声谢谢。

"除了这本书之外，你还想要点儿什么奖励吗，玛丽·安。"那个和蔼的老人望着她说。

"她想要旱冰鞋。"弗朗西丝脱口说道。

"是旱冰鞋吗？"那个老人重复了一遍，随后他从他的办公室里叫来一个年轻人。示意玛丽·安、弗朗西丝和他走。

没一会儿，玛丽·安和弗朗西丝跟着那个年轻人来到了博物馆的外面。全班同学和瑞安小姐站在台阶上看着玛丽·安和弗朗西丝坐进了一辆漂亮的小轿车里，他们在汽车驶离时向大家挥动着小手。

"玛丽·安，你怎么知道那幅画是假的？"那个年轻人一边开着车一边问。

"我在那幅临摹画上不小心用手指按了一下，画上留下了一个手指印。"玛丽·安说，"就在那只篮子的中间。"

"啊，原来如此，"弗朗西丝说，"但是我一定会帮你保密，不会把你干的事说出去的。"

"我也不会。"那个年轻人说，"玛丽·安和弗朗西丝，你们说先喝汽水还是先买旱冰鞋？"

"汽水。"弗朗西丝说。

　　"旱冰鞋。"玛丽·安说，"她已经有旱冰鞋了。无论如何，是我在那幅临摹的画上作了一个记号。"

　　"啊，好吧，听你的。"弗朗西丝说。

　　"我想我们可以玩一个新游戏。"玛丽·安说。"洛可可旱冰鞋。"

　　"什么！"那个年轻人诧异地问。

　　"我们给旱冰鞋起一个名字。"玛丽·安说。

梦想成为一只鸟的小熊

〔法〕阿黛尔和卡特·德利厄

从前，森林里有一头小黑熊，它梦想自己成为一只鸟能飞上蓝天。它整天都在为如何成为一只鸟而苦恼着，思索着各种各样的办法，它想啊想啊，最后竟着魔似的以为自己已经变成一只鸟了。

一天，它在森林里闲逛时，看见几只小鸟高高地站在树枝上，它说："嗨，你们好，我与你们一样也是一只鸟。"

那几只小鸟叽叽喳喳嘲笑道："你不是鸟，鸟的嘴是尖尖的。"

小黑熊听后，急匆匆地在森林里跑来跑去，想找到能让自己嘴变尖的东西，最后它看见了一根带尖的弯曲的木头，便把它系在自己的嘴上，然后又回到小鸟栖息的大树下。"看！"它兴高采烈地抬头对树上的小鸟说，"我的嘴也是尖尖地！"

"虽然这样，"小鸟笑了笑说，"但你仍然不是一只鸟，鸟有羽毛而你没有。"

于是，小黑熊飞快地跑出了森林。来到一个养鸡场里，养鸡场的地上有许许多多的鸡毛，小黑熊把它们捡起来带回到森林里。然后一屁股坐在一些松针上，他顾不上疼，然后急匆匆地把那些羽毛插在它的头上、肩膀上和两只前腿上，接着它又飞快地回到了那棵大树下。

"嗨！你们看，我有尖尖的嘴也有羽毛了，我是一只鸟。"

那些鸟被他滑稽的形象逗得笑了好一阵子。"你不是一只鸟，"它们说，"难道你不知道鸟会唱歌吗?"

这下小黑熊感到无比的沮丧，可是过了一会儿，它突然想起森林里面有个音乐老师，就住在森林深处有一间小木屋。于是它来到小木屋前，敲响了门。"亲爱的先生，请你教教我唱歌吧，"小黑熊乞求道，"我希望能学会唱歌。"

"唉，这对于你来说太难了，"音乐教师为难地摇着头回答说，"可我愿意试一试，我有一个不错的方法，进来吧，张开嘴跟着我唱——哆咪哆……哆咪哆。"

小黑熊一遍又一遍地练啊、练啊，从早到晚一刻不停，整整一个星期小黑熊一直在苦苦练习。最后它觉得自己好像唱得很好了，便急急忙忙地又来到那棵大树下。

"听着，"它对着树上的鸟叫道，"我也会唱歌啦。"说完，它张开大大的嘴巴，用粗粗的嗓音唱了起来："哆咪哆……哆咪哆。"

谁知这下树上的小鸟们笑得更厉害了，"你不是一只鸟"，它们对它说，"鸟会飞。"

"我也会飞。"小黑熊连忙说。它边说边抬起了一只裹着羽毛的脚，接着又抬起另一只脚。然后不停地摆动着双脚，可是不管他多么用力都飞不起来。"看着我，"小黑熊不服气地大声说，"我能从高处往下飞。"说完，它爬到附近一块高高耸起的大岩石上。当它站在岩石顶上朝下望去时，不禁打了一阵冷颤。"但是，"它默默地想道，"也许我闭上眼睛飞快地跳下去，就可以飞起来。"想到这里，它后退了几步，紧闭双眼，抬起两脚拼命地舞动着，飞快地向岩石下跳去。只听"啪"的一声，小黑熊结结实实地摔在了地上。

它躺在地上，睁开双眼，泪水便哗哗地流了出来，这下可把小黑熊摔的够呛，尖嘴摔掉了，羽毛摔散了一地，背上屁股上摔成了紫色。

大树上的那些小鸟见状，哈哈地大笑起来，它们笑得前仰后合，眼泪都从眼睛里流了出来，随后它们一边笑着，一边叽叽喳喳地飞走了。

小黑熊从地上慢慢地站了起来，拍了拍身上的泥土，一拐一拐地跑出了森林，小黑熊浑身上下疼得厉害，心里也非常难过。

过了一会儿，它习惯性地擦了擦小嘴儿，见那碍手碍脚的假鸟嘴已经不在嘴上了，它突然高兴起来，接着它又取下了身上剩余的鸡毛，这下它又恢复了本来面貌，身上的皮毛又变得光滑柔软了。这时在它身边的灌木丛里发现许多美丽的红色浆果，这些浆果看上去异常的可爱，它上前去摘了些放在嘴里吃了起来。嗨，味道太美了——要比那些小鸟吃的虫子好多了——它伸出舌头舔了舔自己黑糊糊的嘴，然后又摘下了一大把浆果津津有味地吃起来。

这时，它看见有另一头黑熊从森林里向它走来。"你好，"那头黑熊对它说，"嗷，嗷，"小黑熊回应着。它暗暗想道："我还是对这种声音感兴趣，这要比哆咪哆好听多了。"

"快过来，看我找到了什么。"它的朋友说。

它们来到一棵大树下。"跟着我，"它对小黑熊说。说完，它便爬上了树，小黑熊跟着也爬了上去，在第一根树杈里有一个蜜蜂窝，里面装满了蜂蜜。

"噢！"小黑熊欣喜若狂地赞道，"这是个多么伟大的发现啊！"它一边说，一边伸出爪子在蜜蜂窝里蘸了一下，放在嘴里舔了舔。它就这样不停地蘸着、舔着，吃得痛快极了。

"噢！我真高兴我是一头熊，"它自言自语地说，"再也不想成为一只鸟了。"

鸭子与蛋糕

[法] 雷亚·威尔斯著

从前有一只鸭子名字叫佩比。它非常喜欢水，平时，它经常在水坑里玩耍。每当下雨时，它就会到周围的水坑里玩一玩，弄得满身都是泥水。每当它跳进浑浊的泥水里，看到自己的黄脚丫把水弄得四处飞溅时，总会有一种莫名其妙的兴奋感。在雨天，佩比总是喜欢光着双脚，跳到水坑里去玩耍了。

有时，要等很长时间才能下雨，为了玩水，佩比就待在泉水边上，人们前来打水时，经常会把水洒到地上。佩比就光着小脚在这点儿水里欢快地走来走去，就像是真正的水坑一般玩得不亦乐乎。这是它最喜欢的游戏之一。

有时，佩比也会到墙外面的田野里去散步，因为它笨重的身体压得双脚非常疲乏，所以，它不能走得太远。每当它累的时候，它就想到泉水边上的泥水里玩，并渴望能马上出现一片泥水。它常常看着在地里干活的小伙子，想象着他们如果光着双脚踩在湿润的土地上该是多舒服啊！可是小伙子们都穿着鞋，而且他们的脚很奇怪，每只脚上都有五只脚趾头。

一天下午，佩比又跑到田埂上闲逛，突然遇到了一只小松鼠，于是它们俩便在田地玩起了捉迷藏。它们玩啊、玩啊，玩得太高兴了，佩比都忘记了要回到家，直到黑夜来临它才急匆匆向家冲去，为尽快到家，它选择了最近的一条路，但却要穿过一块儿刚收割完的稻田，以至于残梗扎得脚很痛很痛。

到家后，它已经累得筋疲力竭，肚子也饿得咕咕叫。它想立刻饱餐一顿，可当它来到大厨房门前时，发现鸭子一家人已经吃完了晚饭都睡觉去了。

　　它又饿又累地站在那儿。这时，它突然看见了一件东西，哦，厨房门口的地上放着一个黄灿灿的大蛋糕。这只蛋糕好像刚烤好，厨师把它放到门边冷却。佩比悄悄地走上前去仔细观看，这只蛋糕简直棒极了。"噢，这只蛋糕一定很松软，"佩比思忖道，"看来除了水坑之外，世界上最好的东西就是蛋糕了，踩上去一定非常舒服。"

　　它犹豫了，然后鼓足勇气踩进了盛着蛋糕的盘子。蛋糕是那么松软，踩上去就像踩在泥水里一样，真是舒服极了，而蛋糕还冒着热气呢。一股香草味扑鼻而来。佩比急不可耐地尝了一口，哟，这块蛋糕的味道太美了，它忍不住尝了一口又一口。就这样，它尝啊尝啊，不一会儿，整个蛋糕都被吃了，它也吃饱了。当厨师从厨房出来取蛋糕时，她大吃一惊，只见蛋糕中间有一只小鸭子。"滚开！快滚开！"她怒气冲冲地叫道，"你这捣蛋鬼，把我的蛋糕给弄脏了！今天晚上你休想再吃晚饭！"

　　佩比急忙从那只盛着蛋糕的盘子里走出来，摇摇晃晃地穿过院子，钻进花木丛里睡觉去了。它的确没吃到晚饭，但它一点儿也不饿，因为它的肚子里早已塞满了蛋糕，再也不想吃任何东西了。

水盆里的小岛

王后伊尔琳有一个名叫伊尔利的儿子。他的身体十分羸弱，让人怀疑他是否活得下去。

他不爱吸吮他妈妈的奶汁，因此，伊尔琳总是难过地说道："唉！我的儿子可能会死掉的。"

一天清晨，王后正抱着孩子坐在阳台上哭泣。一只金黄色的小鸟飞过来停在她的肩上。

"你怎么啦？"它用鸟语问伊尔琳。

王后听得懂鸟兽的语言，她哭着回答说：

"我哭泣，是因为我的儿子，他不愿意吃奶。"

"那好办！让我来照顾这个小王子，用我的方法来喂养他。"

说完，鸟儿就用它尖尖的嘴含来植物的种子，一点一点地喂王子吃。王子觉得热了，它就用翅膀为他扇风；王子觉得冷了，它就用自己的羽毛为他取暖；夜里，小鸟歇在王子的床头，为他站岗放哨。

有一天，小鸟和伊尔利在林子里散步。小鸟飞着，王子跳着，快乐极了。这时，一只小鹿蹦蹦跳跳地来到他们身边蹲下，用清亮的嗓音说道：

"伊尔利，快，到我背上来！我带着你到别的地方玩去。"

小鹿的建议让小伊尔利万分兴奋。当他感觉累了，小鹿就让他坐到树枝做成的小车里，拖着他玩。有几次，王子骑在它背上，让它蹦蹦跳跳地带自己到牧场和森林里去玩耍，还穿过好几处篱笆和好几条小溪呢。

小鸟和小鹿总是尽量满足伊尔利的要求。小鸟用自己纤细的爪子为伊尔利梳头，替他翻小画册；伊尔利喝蜂蜜的时候，便替他拿着小勺；伊尔利需要练习书法时，鸟儿就手把手地教他书写。

小鹿也总是愿意不停地照顾小王子。他们在一起散步时，王子想要一个高高地挂在树枝上的果子，小鹿就慢慢地靠在树上，竖起前面两条腿，用头上的角将果子摘下来送给它的朋友。当它闲下来的时候，就会到王后的身边，弯下它的角，让王后在上面缠她的绒线团儿。它经常蜷缩着腿，长时间一动不动地看着小王子玩耍。

王子被大家这样地宠爱，性格变得越来越乖戾，简直让人无法容忍。在他睡着之后，王后把小鸟和小鹿叫到跟前来，流着泪向它们诉说王子的缺点。小鸟听了直摇头，小鹿听了直叹气。可是，怎么去纠正王子的缺点呢？他的身体是那么弱：有一次，他只吃了一块酒心巧克力就醉了；还有一次，他刚坐到秋千上就犯了眩晕病；又有一次，王后只扇动了一下扇子，他就感冒了。而平时，只要外面刮一点微风，他的身体就会像小草一样弯曲，所以王后和他一起散步时，必须拉着他的手，要不他就被风刮走了。他比肥皂泡儿还易碎呢！只要稍不顺他的心，他就会躺在地上打滚，嘴里还嚷嚷：

"我就要死啦！我就要死啦！"

这么着，谁能不顺着他的意呢？

眼看伊尔利的 10 岁生日就要到了。王后为了送他一件满意的礼物，真是绞尽脑汁。

这一天终于来到了。伊尔利刚刚从玻璃丝编成的床上醒来，就发现两个侍从走进了他房里，手上还端着一个盆子，里面装满清亮亮的水。伊尔利把脸凑过去，看见一个像睡莲那么大的小岛漂在水面上。岛上长着小指头一样高的树丛。伊尔利惊奇地发现里面还有一个村庄，房屋只有海螺那么大。人们在大街小巷穿来穿去，他们的身体小得只有眯着眼睛才能看清。在树林里，一条像线一样细的小河流淌着，一些像核桃壳大小的东西在水盆里划动着，原来这是一艘渔船。伊尔利还看见虱子般大小的小鸟栖息在树林里，正哼唱着悦耳的歌。

大人的身体只有蚂蚁那么大，更别说小孩子了。他们的眼睛像小沙粒子，耳朵就像针孔那么小。

一个小黑人在端水盆的侍从后面紧跟着，他小心翼翼地捧着大红丝绒垫子，上面放着用七朵花编成的一顶王冠，还有一柄权杖和一纸公文。他跪在穿着睡衣的小王子床前，把大红垫子呈到他面前。小王子跳下床来，努力装着从容庄严的样子，把王冠接过来戴在头上，然后接过权杖，打开公文，只见公文上面写着：

"王后伊尔琳赠与独子伊尔利水盆里的小岛及其他一切，希望他接受岛国国王的权杖和王冠，愿他成为贤明的管理者。"

伊尔利不禁欢呼起来，待他平静下来以后，立刻做出了决定：

我要让船沉下去！

于是，他拿着一根棍子在水里搅啊搅。核桃壳一样大小的渔船上的所有船员们便在这巨浪里拼命地抗争，他们费了好大劲才攀上了火柴棍一般大小的桅杆，可是，大部分人都被淹死了。

为了变着花样由着性子玩，伊尔利在小岛上放了一把火。岛上的男女老幼从此失去了房屋，失去了船只，也失去了耕地。他们号啕痛哭，那哭声就像小老鼠的喃喃声一样。

伊尔利玩得非常快活！他把自己的帽子压在小岛上，小岛立即变成了黑天。岛上的领导人恳求伊尔利放过他们，他却只是用纵声大笑来回答他们。

于是，岛上的人生气地向小鹿抱怨：

"瞧！他是怎么对待我们的，你的主人太残忍了！我们长的太小了，没有办法反抗他，请你带我们逃跑吧！"

小鹿很伤心，因为它仍旧疼爱他，可是，它对岛上的居民也十分同情。于是，它弯下它的头，他们就顺着它的角一直爬到它的背上，最后，它飞跑起来。这时，伊尔利正在花园里玩耍，看见他们着急地往外跑，他立即挡住了他们的去路。

"你们疯了吗！"他叫道，"马上给我回到岛上去！小鹿，你真糊涂！我要打你了。我要淹死你们，我一定要把你们都处死！"

小鹿往前一跳，算是回答他。可是伊尔利抱着它的脖子喊道：

"你要离开我吗？你背叛我，你出卖我！呵！我哪里对不起你了？说呀，小鹿！我没做过什么对不起你的事吧！妈妈！妈妈！"

王后立马跑过来说：

"啊！你们这些坏蛋！你们怎么让我的儿子生气啦？"

说着，她就把伊尔利揽在怀里。

岛国上的老百姓都沉默了，因为他们知道自己的声音太小，王后根本听不到。可是，小鹿这时却说话了，它说道：

"夫人，这的确是小王子的错。这些臣民想离开也是有道理的，他们被王子害惨了。"

"我可怜的小鹿，"王后叹息着说，"你怎么这么说话，你为什么使我的儿子生气呢？我相信他以后会成为一个好国王的。好吧！让这些小人回到他们的国家吧，伊尔利再也不会打扰他们了。"

小鹿有点犹豫，也有点伤心，它只能把它的朋友们送回他们自己的岛国。它自己也因为生气，跑回了森林。

小人们私下里说：

"王后答应我们说王子不再打扰我们，她是说谎呢。我们该怎么办呢？"

小鸟很同情他们。夜里，它飞离王子的床头，飞到水盆那里，停在水盆边上。它有些害怕，为了让自己神情自若，它啜了一口水。岛国的百姓们因为害怕王子来，谁都不敢合眼。现在，它们来到小鸟身旁，领头人对它说："鸟啊！带我们离开吧！"

小鸟想了想，又啜了一口水，然后用爪子把小岛整个抓起来，穿过窗户飞走了。它飞了一整夜，直到第二天早上来到一个遥远的国家，才把小岛放在一个安静的池塘里。小人们欢乐地唱歌跳舞向它表示深深的感谢。然后，鸟儿又展翅高飞了。它飞进一片密林，找到了小鹿。

小王子一觉醒来后，不由得大叫起来：

"小鸟在哪里？我的小鹿在哪里？快回答我！你们在哪里？"

他光着脚跑到水盆跟前，低头一看，水盆里只剩下了一个披头散发的小男孩的倒影。他气愤地叫道：

"我的臣民呢？我的臣民在哪里？谁把我的臣民弄走了？啊！坏蛋！我的小岛在哪里？"

他在水盆旁边大哭起来。

后来，他似乎明白了些什么，才慢慢静下来。以后的伊尔利真的变成了一个好王子。

空心树

　　阿芙琳在树林里采蘑菇时迷了路。正在她感到害怕的时候，忽然看见一棵大树上挂着一个牌子。她心想：没准儿这个牌子会为我指路。可是，这牌子大部分都被树皮遮挡了，没有被遮挡的字，也被雨水冲刷得模糊了。

　　这棵树有点儿古怪：它既不是橡树，也不是榛树，更不是栗子树，反正什么树都不是，而且树身还是空的。阿芙琳好奇地走了进去，只听咔嚓一声，树身竟在她背后合上了。小姑娘害怕得要命，她在树干里急得团团转。她把头紧靠着树干，想用手摸到一个能逃出去的洞。这时候，忽然从树顶上透进一丝光亮，她借着这道亮光看清了自己的周围。可是，周围全是黑黝黝的树身。我该怎么办哪？阿芙琳痛哭起来，她试着用手指抠出一个洞，手指头都磨破啦！她又急又怕，大声喊道：

　　"救命啊！我被关到树里了！"

　　可是，没有一个人回答她。她用拳头捶，用脚踢，又使劲喊了一阵，可还是没有人理会。她累得瘫坐在地上，身体缩成一团，气也喘不上来了。树洞里又湿又冷，又黑漆漆的，只听见树叶被风吹得沙沙作响的声音。阿芙琳坐在地上，颤抖着呻吟起来。没多久，她就睡着了，可是，她睡得并不安稳。天快亮时，她才一下子醒过来。因为她感到有一个又小又硬的东西落在她的背上。她还没来得及看个究竟，又有一个掉了下来：原来是香榧子。她兴奋得轻轻叫了一声，连忙拾起香榧子放在嘴里咯吱咯吱吃起来。吃完之后，她才疑惑，这些好吃的东西到底是谁送来的呢？抬头一看，原来有一只松鼠站在高高的树杈上。

　　"你好！"松鼠叫道，"你为什么在这里？"

　　阿芙琳向它讲清了自己不幸的遭遇，然后问它：

"这棵奇怪的树到底是怎么回事啊？"

松鼠紧张起来，它没有直接回答小姑娘的问话，却大声说：

"我很想救你出来，可是我办不到啊。不过，你别太难过，办法总会有的。"

阿芙琳叹息着说：

"我再也看不见光明了。"

松鼠默默地走开了。阿芙琳又独自蹲在地上，虽然她非常沮丧，但她还是想应该干点儿什么，尽量使自己不会太伤心。

没多久，她就听见松鼠用尖细的声音对她叫道：

"接着！"

原来是一只小型的手电筒。她把手电筒打开，周围的黑暗一下子不见了。这样，她就能仔细地察看这间"囚室"的情形了。室壁是用棕色纤维板做成的，她脚下的土是干的，脚边有一片干树叶和一只死去的蚂蚁。

"这回感觉怎么样？"站在空心树权上的松鼠问她。

阿芙琳悲伤着回答说：

"非常感谢，但是我觉得很闷。"

松鼠又一溜烟儿跑开了。几分钟之后，它又出现在空心树的树权上，它手里又多出一个包。它把包扔给它要帮助的小姑娘。阿芙琳迫不及待地解开捆包袱的草绳一看，原来是一本书。于是，她就翻看起来。

"你现在满意了吧？"小松鼠又问道。

阿芙琳没有说话，她现在正专心读书呢。书是林子里的居民一起完成的，每个居民写一个故事。小鸟们用纤细的爪子写下了它们唱的歌；野鹿们写下了它们决斗的故事和被猎人猎捕的情景；仙女们写下了用一滴雨水洗衣服和用磷火做饭的经历；狼带着感情讲述了它们吃掉的小动物的情况。书的最后几页是空白的，可是，当阿芙琳翻到最后几页时，她却听见微风正在跟她说悄悄话，原来它是在讲它从大海那边听到的故事。书上的彩色插图是用植物的汁和野兽的血绘成的。阿芙琳读着、读着，不知不觉读了很长时间，她突然感觉有些头晕目眩，于是，她把书扔掉，喊道：

"松鼠，松鼠！我想离开这里！"

"说得对，但你别着急！我刚才去找了一个好朋友，它是一只狐狸。

我请它给你挖一条坑道，它已经开始挖了。你看，怎么样？"

"呵！非常感谢，亲爱的小松鼠！我真想吻你毛茸茸的小脸！"

小松鼠快乐极了，它把一些摘来的栗子给小姑娘，作为对她表露出的友好感情的报答。然后，它又找回了一些湿润的青草给她解渴。

一个小时，又一个小时过去了。阿芙琳问松鼠：

"坑道挖成了吗？"

小松鼠连忙去打听消息。回来后，小松鼠对阿芙琳说，"一切都很顺利。"可有一次，它去了好久都没回来。阿芙琳好不容易看见了小松鼠的影子朝她走来，接着她感到有一滴水滴到了她的手上。

"怎么啦？哭了吗？松鼠也会哭呀？"

松鼠抽噎着说：

"我的朋友狐狸死了。一个猎人刚才把它杀死了。唉！又强壮又年轻的狐狸呀！而且坑道马上就要挖成了。"

阿芙琳突然感觉浑身发冷，她无力地说：

"这么说，我也快要死了！"

"不，我不让你死！你等着！"

松鼠从一棵树上跳到另一棵树上，跑遍了整个森林，就是想找到一个梯子。可是，怎么也找不到。一个上了年纪的隐士倒是有一个，就是太短了。于是一只乌鸦劝松鼠自己做一个绳梯。

"怎么做呀？"松鼠问道。

"哎！自己想想嘛！"乌鸦尖声说。

一位仙女愿意送给松鼠一根金头发，松鼠小心地把它缠在身上，就像登山队员把绳子缠在身上一样。然后它又开始去寻找。在它经过一个开着窗户的土屋的时候，他看见樵夫的妻子正在缝一件衣服，它跳进屋，一下子就跳到了女人的膝盖上，那女人想抓住它，可它咬了一下女人的手，而且趁机偷了一根线后逃走了。跳了一阵后，它发现一匹母马正在树林中的一块空地上跳踢踏舞。松鼠"噔"地一下跳到母马背上，拔下一根马尾鬃，迅速躲进荆棘丛里。最后，它快乐地回到空心树上，把战利品给小姑娘看了看，然后开始编起绳梯来。小姑娘在下面直直地盯着它，不断地恳求道：

"再快点儿！再快点儿！"

　　小姑娘迫不及待的催促却让在编绳梯的松鼠心慌意乱，打了不少死结，它把仙女的金头发、樵夫妻子的线和母马的鬃混在一起了。不过，绳梯还是越编越长。小姑娘踮起脚尖儿去抓绳梯，可它老在小姑娘头上荡来荡去，努力了好久，最后总算抓住了。于是，她沿着窄小的绳梯开始往上爬。仙女的头发虽然细，却结实得很。阿芙琳认为一切都十分顺利，可是，刚爬上了一半儿，她突然感到一阵头晕，不得不在颤抖的绳梯上停下来。松鼠不停地鼓励她。阿芙琳很想继续向上爬，但是她已经晕过去了，于是整个身体顺着梯子下滑到了原来的地方。

　　小姑娘碰到地面时，才恢复了知觉。着急的松鼠站在空心树的边上叫道：

　　"快啊！快啊！阿芙琳，快起来往上爬！你必须快点逃走，第一片干树叶已经从树上掉下来了，巫师眼看就要来收房租了。如果让他发现你在他的树林里，那你这辈子也别想吃榧子了。"

　　就在这时候，果然听到了脚步声。松鼠的小胡须立刻竖了起来，它悄悄地说：

　　"别说话！"

　　一个像巫师一样的人走了过来，他的腰间挂了一串钥匙，那是打开他全部领地的锁的钥匙。他站在大树下，吼道：

　　"收房租啦！"

　　一只喜鹊在松鼠窝的旁边筑了自己的巢，它立刻飞到巫师面前，把它偷来的一串漂亮的石榴红宝石项链放在他的手上。

　　"很好，你总是那么准时。"巫师一边说，一边用手摩挲着喜鹊。然后转过身来嚷道："你们呢，小蜜蜂们！你们还磨蹭什么？"说着，他就从野味袋里拿出一个钵子。原来小蜜蜂们也在树枝上建了蜂房。这一嚷，它们就害怕了，连忙把蜂蜜吐满巫师的钵子。

　　可是，松鼠却没有任何动作。

　　"我在等你呢！"巫师用威胁的口气对它说。

　　"噢！在这儿呢，在这儿呢！"松鼠回答着，三步并作两步地从树上滑下来。"这回我只能给你一百个山毛榉子了，收成不太好哇！然而，只要一解冻，浆果就会长势喜人了。到那时……"

"够了！每年你说的都是这套话。我一定要去找一个让我更满意的租客，你还是别再住下去了。赶快收拾收拾，给我滚吧！看，这是你的租契，我把它撕毁了。"

巫师从口袋里把一张用树脂打了封印的橡树叶掏了出来，并把它撕成碎片。

"啊！先生，我恳求您，别把我从家里赶出去！"松鼠一边求情，一边搓着自己绛红色的爪子。

"你说什么？你的家？你的家！……"巫师怒道。

他马上不说话了。原来，阿芙琳在树心里听到了外面的动静，她十分害怕，下意识地动了一下，于是空心树就发出了咔咔的响动。

"嗯！"巫师惊讶得一个字也说不出来，只见那张嘴嘘长气。

巫师循着这响声看过去，这才注意他的空心树已经合为一体了。一想到他又会有猎物，他就乐得牙齿直咬。他急忙取出一把钥匙，插到一个树缝中转了一下。阿芙琳趴在地上，随着吱的一声空心树打开了。可是，正当巫师扑向阿芙琳的一瞬间，蜜蜂们冲了上去，它们都一齐往巫师身上蜇。巫师疼得魂不附体，扔了自己的钥匙，气急败坏地逃到密林深处去了。

松鼠高兴得尖声叫了起来，一下子跳到小姑娘肩膀上。小姑娘满头飘逸的金发和松鼠金红的皮毛交织在一起十分好看。阿芙琳在空心树里过了一夜变得比以前更苗条了，显得更加迷人。小松鼠非常激动地对她说：

"你永远留在这里，和我在一起你说好不好？你说呀！"

"我要回家去，家里等着我呢，他们一定很担心我。"阿芙琳轻轻地回答说。

"哎，真的吗？"

于是，可爱的小松鼠强忍住不舍，伸出自己的爪子与小姑娘握手，并挥动一片树叶向她告别。阿芙琳捡起装蘑菇的篮子、手电筒和书，离开了松鼠。蜜蜂们一直把她送到森林的边界。

从此以后，小松鼠可以无忧无虑地住在树上，因为巫师再也不敢冒险来到这里了。有时候，几只小鸟飞到树枝上，它们都特地给松鼠带来阿芙琳的新消息。

小熊星

　　大熊星带着她的女儿小熊星从天空降落下来，她们在天宫中实在太饿了。大熊星想，在地球上也许能找到些东西充饥。

　　果然，在她们降落的城市，商店里摆满了琳琅满目的食物。大熊星径直走进路边一家最漂亮的食品杂货店，让伙计把每种食物都给她来一公斤。伙计把一大包食物帮她装好以后，问她需不需要帮她送到家里去。大熊星说不需要了，她很有力气，完全可以自己拿回去。伙计把她领到商店收款处，可是大熊星却没有马上付钱，她无奈地对老板说：

　　"我身上没有带钱，我把皮夹落到家里了。你看到过我的大银币和小零板吗？"她一边说，一边用手指点着天上正在升起的月亮和星星，"把这些东西给我！我答应你，等我回到天上以后，我一定扔下一个金币——一颗美丽的流星，它一定是属于你的。"

　　"如果这样，那好吧！你就明天再来买吧！"老板用嘲讽的口吻说，同时在大熊星的肚子上打了一拳，并把她赶了出去。

　　小熊星正站在街上等她的妈妈，当她看见大熊星空着手走回来的时候，急忙跑过去抱着妈妈的腿哭喊道：

　　"饿！妈妈，我饿！我饿！我饿！"

　　妈妈也饿得肚子咕咕叫了。后来，大熊星猛吸一口气，便把女儿背在背上，往林区走去。她在无边无际的天上已经习惯远距离步行了，所以只用了几个小时就来到了森林。她一直走到棕色熊聚住的地方。她身上的皮毛闪闪发亮，和棕色熊皮毛相比色彩分明，棕色熊们一眼就将她认了出来。但是，它们对她却很冷淡，只说了一句：

　　"表姐！你好！"

　　"表弟！你们好！帮帮忙，你们能不能让出一点儿食物给我？我的小丫头饿极了。"

"我们的食物刚好够我们自己吃。"棕色熊们瓮声瓮气地回答道，"你还是去问问北极熊吧！它们也许能给你点儿什么东西。"

于是，大熊星背着她的女儿无奈地又出发了。等她们一走，棕色熊们便抚摸着它们那被食物撑得鼓鼓的肚子，洋洋得意地笑道：

"包袱甩得好！这两个陌生的家伙总算走了。不管怎么说，她们都不像熊，她们没有我们这样的皮毛。"

大熊星和她的女儿拼命地游过北冰洋，终于来到北极。她们摇晃着身躯抖掉冰水。但小熊星的毛冻得卷了起来，大熊星连忙用舌头把女儿的毛舔平，然后，母女俩便去找白熊。可是，白熊接待她们时，并没有比棕色熊热情多少，它们冷言冷语地说：

"表姐，您如果想吃东西，自己去水里捞鱼就行了。"

可是大熊星不会。她从来没有打过猎，也没有捞过鱼。在天上时，她成天忙着计算彗星回来的时间，或者讨论风力和飞行员飞行的远近。

小熊星哭了，眼泪流了下来，很快眼泪变成了冰。她轻声地嗷嗷哭着：

"饿呀，妈妈！我饿！我饿！我饿！"

大熊星太疼爱小熊星了，费了很大的力气，终于摸索出了打鱼的办法。经过不断地尝试后，总算有收获了，她甚至打到了一些鳕鱼。小熊星一边吃着鳕鱼，一边高兴地叫道：

"再来点儿，妈妈！再来点儿！再来点儿！"

大熊星越来越善于打猎捕鱼了。她甚至还储存了一些并且冰冻起来，以便带到天上去。她决定在月亮下一次改变位置的时候回去。

有一天，大熊星给女儿捉完了虱子就去了一个鱼产特别丰富的小海湾里打鱼。忽然，她听见一阵脚步声，原来是一个猎人正朝她直奔过来。

她很害怕，但是她更气愤。猎人继续朝她这里冲，她一边逃一边喊道：

"我不是普通的熊。小心些！我是天上的大熊星！"

猎人根本不理睬她的叫喊，最近一段时间，他根本就没有注意到天上大熊星和小熊星的位置是空着的。他只看见大熊星身上美丽的皮毛。他急于得到这张皮毛，把它卖掉，别的就没考虑什么。

虽然，大熊星可以飞回天上的，但是她的女儿还留在岸边，小熊星正在和北极熊玩儿呢。因此，她一边跑，一边喊"小熊！小熊呀！小熊熊……！"

她的嗓门很粗很大，因为她习惯在天空里说话。在天上，当一个星星想和另一个星星说话时，必须大声喊叫才能让对方听到。可是，小熊星可能没有听到妈妈的叫声，所以大熊星也没有听到小熊星的回答。

大熊星和猎人的距离越来越近了。大熊星不像白熊，她的爪子下面没有那层茸毛，所以，当她在冰面上奔跑时，不断地滑倒，重重地摔在地上，但她总会急忙跳起来再跑。而猎人却因此与她拉近了好大一段距离，眼看就要抓住她了。这时，她想："猎人如果杀死我，他一定也会找到我的女儿，他会很容易抓住她，而且会把她也杀死的。"

她被这个可怕的想法吓呆了。于是，她连忙停了下来，转身对跑来的猎人说道：

"我不会抵抗了，我准备让你杀死我。你可以得到我的金毛皮，因此会变成富翁。我也不会伤害你，只是你得答应我一件事。"

"只要能得到你的皮毛，我可以答应你所有的要求。"猎人答道，同时抽出了刀。

"好吧，在岸边，你会看到我的女儿，她正在和小白熊们玩。你不能杀死她，不能伤害她。你让她跟在你的身边。请你抚养她，保护她，直到她长大，即使没有我的帮助，自己也能回到家里。她很容易找到，她很像我，只是她比我个子小，但比我更漂亮。"

说罢，大熊星迎着猎人走上了几步，站住以后，她毅然伸出两只胳膊。猎人慢慢地试着把刀插进她的身体，可是，刀子在她的金皮毛上滑来滑去，并且冒着火星。最后，他终于下决心把刀插进了大熊星的心脏。大熊星扑通一声倒在地上。

猎人拔出带血的刀，然后放在雪里擦拭干净。他决定过一小会儿就回来，趁大熊星还没有僵硬的时候屠宰她。他现在急着去找小熊星，因为他向大熊星作保证了。

这时，小熊星已经离开了岸边。小伙伴们把她带到一片雪地上。他们在那里打闹玩耍，互相用爪子挠脸。因为玩得起劲儿，小熊星根本没有注意听她妈妈的呼唤。

猎人在海岸边没有找到小熊星，转身来到雪地。当他远远地看到小熊星的皮毛闪闪发光时，他对自己说：

"小熊星真漂亮，她完全可以和她妈妈卖差不多的价钱。可惜我答应过她妈妈的请求。"

他继续朝前走，这才发现小熊星是那么年轻。他想：我的上帝！我不用费一点儿力气就能杀掉她。哎呀！就这么办吧！这比杀死一只小狗还容易呢！

小白熊们看见猎人都仓惶地逃走了。可是，小熊星却毫无经验，她站在那里兀自不动，睁大圆圆的眼睛上下打量着猎人，猎人从他的猎袋里取出一片鳕鱼肝，对她喊道：

"喂，小熊星！快来吃最最好吃的肉肉！你妈妈让我给你送来的。"

小熊星欢呼着向他跑了过去。当她离得很近的时候，猎人再次抽出了利刃。小熊星看到猎人手上拿着发亮的钢刀靠近她，顿时本能地吓得大声惊叫起来。

再说倒在雪地上的大熊星，这时候因为夜晚冷空气的刺激，慢慢地苏醒过来。她已经活了几千年，是不会那么轻易死掉的。她随手抓起一把雪擦拭自己的伤口，忽然听见她女儿的惊吼，她一下子想到：呀！有人要杀死我的女儿！

她连忙顺着声音冲了过去，朝猎人猛扑过去。因为她是出其不意，所以一下子就把猎人打得叫苦连天，直挺挺地倒在雪地上昏死过去。然后，她连忙跑到冷藏库里取出储存的冻鱼，拉着小熊星的手，呼地一下回到天上去了。

猎人醒来恢复力气以后，拖着沉重的腿回到家里。他对别人说他曾和天上大熊星搏斗过，可是，人们都大笑起来，说他可能喝多了酒，在雪地上睡了一觉，所以眼睛花了脑子也不好使了。他为了证明自己说的是真话，就露出自己的伤口。有的人相信，可还有一些人说，他的伤口上既没有牙齿印，也没有爪子印，肯定是冻伤的。猎人除了被人嘲笑，还不得不去请巫师治伤，而且整个冬天都不能下地走路。

至于大熊星和小熊星呢？她们的冻鱼可能是足够吃了，因为从那以后她们再也没有从天上下来过。

鹅的魔法

　　尼盖想借暑假找个牧童的工作干，可是，人们都嫌他太小，打发他回家去玩儿。尼盖的母亲很愿意让儿子出去工作，这样就可以让他在暑假自己挣钱养活自己。但是现在，既然找不到工作，她也只好让儿子游游荡荡地打发日子，直到开学。有一天，有一个黑大汉忽然来找尼盖的妈妈。这个人径直走到厨房里坐下，就像在自己家里一样，而且狠狠地敲着桌子说：

　　"我听说你想让你儿子打短工，把他交给我吧！有他吃的，有他住的。"

　　母亲虽然想省些钱，可是，她看这个人怪模怪样，面带凶相，不放心让儿子跟他去。但是，尼盖自己却坚持要去。可怜的母亲无奈地替他收拾一些日用的衣物，装在行囊里，站在一边的黑大汉早就不耐烦地用手杖敲得地上的石子笃笃响了。母亲不舍地亲了儿子一下就让他跟黑大汉走了。

　　尼盖跟在这个沉默寡言的大汉身边高高兴兴地走着。他因为就要赚钱养活自己，从而感到十分自豪。他好像已经看见自己威风凛凛地吆喝着一大群羊了。

　　傍晚，他们到了山那边。当黑大汉带着他走进一个孤零零的农舍，随手关上院门时，他十分诧异，因为他发现院子里一只羊都没有。

　　第二天早上，黑大汉只给了他七只鹅，还有一只帮他牧鹅的黑狗。于是，尼盖赶着鹅，按主人指定的方向来到一片草场上。七只鹅乖乖地走来走去，摇摆着身子，黑狗试着去和它们玩儿。尼盖坐在草地上。可是，当他刚拔了一把草，准备做一个哨子吹的时候，他突然看见七只鹅发疯似的扑扇着翅膀，惊吼地互相挤得紧紧地，呱呱地叫个不停。然后，它们蹲在地上，好像惊慌地躲避什么。这时，在天上出现了一个黑点儿，黑点儿越来越大，原来是一只翅膀很大的鹰。它在鹅群的上空盘旋，随后俯冲下来，一下就扑到一只鹅的身上。不幸的鹅一眨眼的时间就在它的翅膀下面消失了。随后，鹰便带着猎物飞向高空，转瞬间就在云层里消失得无影无踪。

尼盖的心扑腾扑腾地跳着，回到了农舍。主人数他的鹅时，发现少了一只，便轻轻推了他一下，把尼盖推了个趔趄。

第二天早上，为了避开老鹰，尼盖到森林旁边去放鹅。六只鹅排成一行蹒跚地走着，黑狗试探着依然想和它们一起玩儿，尼盖坐在软软的青苔上。他刚捡起一个橡子，准备做一个烟斗，就听见树枝咔咔地响。一个黑乎乎的狼，两眼冒着红光，从树林里出来，扑向鹅群，叼了一只鹅扭头就跑。可怜的鹅在狼嘴里不停地挣扎，大黑狼纵身一跃，一刹那就跑得无影无踪了。

尼盖悄悄地回到了农舍，害怕得要死。主人再数他的鹅时，发现又少了一只。于是，他打了尼盖一巴掌，尼盖仰面倒在地上。

第二天早上，为了避开狼，尼盖到路边去放鹅。五只鹅排着顺序一摇一摆地散着步，黑狗想挤过去和它们一起玩儿，尼盖在路边坐了下来。他捡起一块儿石头敲打靴子上露出来的一颗钉子，这时，一个年轻的女人朝他走过来。她的衣服很破烂，但是耳朵上却戴着一对儿金耳环。她长着鹰钩鼻子，走起路来就像一只狼。

"喂！小家伙！"她冲尼盖喊道，"你要我给你算命吗？"

还没有等尼盖回答，她就一把抓过他晒黑的手臂，高声说：

"告诉你，我算的可灵了。真的，喏！你瞧，你要倒霉了！不过，你迟早会走运的。在这之前，必须先看好你的鹅。嗯！一定得好好看护着你的鹅！"

说完，年轻的女人一下子跳起来抓起一只鹅就放到围裙里，一眨眼的工夫，这个年轻的女人便在大路转弯的地方消失了。

尼盖惴惴不安地回到农舍，心情十分沉重。他的主人数鹅时，发现又少了一只，于是，他生气地给了尼盖两记耳光，打得他滚到地上。

第二天早上，为了避开年轻女人，尼盖到池塘边去放鹅。四只鹅像葱头似的排成行，一摇一摆地散步，黑狗蹦蹦跳跳，仍想和它们一起玩儿。

尼盖坐在沙地上。他刚捡起一块石子儿想打水漂玩儿，就看到一只鹅被黑狗追逐得没命地奔跑，一下子冲进池塘里淹死了。

尼盖万分焦急地回到农舍，害怕得像是得了病。主人数鹅时，发现又少了一只。于是，他揪着尼盖的耳朵，使劲地摇晃他，弄得可怜的尼盖晕晕乎乎，头昏脑涨连左右都分不清了。然后，主人没给他饭吃就打发他去睡觉。

第二天早上，尼盖到菜园里去放鹅，以免它们被淹死。三只鹅嘎嘎地叫着，黑狗还想和它们一起玩儿呢。尼盖这时摘了一个醋栗正往嘴里放，只见一只鹅误食了一条小毒蛇，一个劲儿扑打着翅膀，嘴里咔咔地响，在地上滚了一阵就死去了。

尼盖心慌意乱地回到农舍，吓得浑身无力。主人数鹅时，发现只有两只了，于是一把抓住尼盖的胳膊拼命地摇晃，尼盖感觉天旋地转，然后打发他到猪圈里去睡觉。

第二天早上，为了避开毒蛇，尼盖到邻村的广场上去放鹅。现在只剩下两只鹅在一起散步了，黑狗在一旁仍然想和它们玩，尼盖坐在长凳上。他捡起一只蜗牛来玩儿，正玩儿得起劲的时候，忽然平地刮起一阵狂风，一只鹅伸直腰，伸长脖子，张开嘴，打开翅膀飞走了。一眨眼工夫，就消失在天边。

尼盖惶恐不安地回到农舍，怕得要死。主人数鹅时，发现七只鹅只剩下一只了，就噼噼啪啪把他暴打一顿，打得他觉得骨头都要断了，然后才打发他去地窖里睡觉。

第二天早上，尼盖带着最后一只鹅来到一处避风的地里。这只鹅孤单地蹒跚地走着，黑狗还想凑上去和它玩儿。尼盖坐在一个大石块儿上，摘下一朵蒲公英吹起来。

傍晚，那一只鹅自个儿跑回了农舍。

"怎么回事？看守你的人干什么去了？"主人生气地问它。

"嘎，嘎，嘎！"这就是鹅的回答。

不一会儿，黑狗也回来了。它看见主人在生气，乖乖地夹着尾巴蹲在地上，呜呜咽咽地哀叫起来。

原来在尼盖摘了一朵蒲公英吹着玩的时候，一个念头突然出现在他的脑子里：我必须找到我的鹅，不找到它们，主人到最后一定会打死我。而且，如果没有鹅放，他就会打发我回家，我又会变成妈妈的负担。再说，大家一定会嘲笑我，说我一天丢一只鹅。想到这儿，他马上行动起来。起身把鹅和黑狗赶回家去。鹅摆出一副高高在上的样子，好像是它在看守黑狗哩！

尼盖抚摸了它们一阵，看见它们乖乖地向农舍走去以后，他就转身往山里跑去。他是去找偷走第一只鹅的老鹰呢！石头被他踩得咕噜咕噜地滚到山下。他越往上爬，山好像越来越高。有时候他在小河里喝水，洗澡。有时候躺在草地上休息一会儿。后来，他不得不手脚并用地向上爬。一抬头，他看见一些饿鹰在天上飞过。傍晚，他发现一个很大的鸟窝。他想，这也许就是偷鹅的鹰的窝吧？于是，他用两只手臂攀援上去，想看看窝里有没有丢失的鹅。可是，他看见的并不是鹅，而是一只红脖子的小鹰，小鹰还不会飞呢。他把小鹰抓过来，用皮带捆住，小鹰不断地用小嘴啄他的胸脯，他始终忍耐着。在一个牧羊人的小草屋里休息一会儿以后，继续向城里走去。进城以后，他径直跑到动物园去卖小鹰。

动物园的负责人接过小鹰，给了尼盖100法郎的崭新钞票，还请他吃饭，听他讲捉鹰的故事。尼盖吃完饭，谢过主人，又上路了。

他离开城市以后，径直走进了森林。就在这里，狼曾抢走了他的鹅。尼盖越往前走，树林越密，夜也越深了。森林子里的荆棘将尼盖刺得出了血。有时候他只好停下来坐在苔藓地里休息一会儿，吃几个草莓，吮几个酸果。

突然，一只红眼狼跳到他的面前。尼盖心想："这准是偷鹅的狼！"顿时，愤怒让他充满了勇气和力量，他猛跳过去，骑到狼的背上。狼拼命摇晃身体，想把尼盖甩下来，而且还把张开的大嘴对着他。尼盖想用胳膊掐死恶狼，可是，这样不但没成功，反而更加激怒了凶恶的狼。突然，尼盖想起自己的皮带，便把皮带缠到狼的脖子上，同时，使出全身的力气，用腿夹住狼的身体。狼没命地挣扎，但还是窒息了，慢慢地倒在地上。尼盖拖起死狼往回走，第二天早上来到城里，像昨天一样，他径直来到专门驯养动物的动物园。

他用狼换了100法郎的钱币，看守人把狼装进一个笼子，放在小鹰的旁边，又请他吃饭，听他讲打狼的故事。

尼盖吃完饭，休息了一会儿，马上就往年轻女人溜掉的那条大路走去。一路上，钱币在他衣兜里叮当作响。天气很热，好像尼盖越走路越长。有时候他在路边的干沟里歇一歇，有时候停在村子里喝点儿水。他满脸灰尘，嘴都快干裂了，脚也疼痛难忍。天慢慢地黑了下来时，他走到一片很大的空地上，那正是吉普赛人扎营的地方。他在五颜六色、吵吵闹闹的人群中仔细寻找，想找到偷鹅的女人。一些人手上拿着稀奇古怪的东西，走来走去。另一些人围着篝火吃着东西。

看见他们充满敌意的目光，听到他们叽叽咕咕的怒骂声，尼盖真想往回走。可这时，他突然看见偷鹅的女人坐在大篷车的梯子上。他向偷鹅的女人扑过去，周围的吉普赛人都惊呆了。他叫道：

"还我的鹅！"

女人用手摸摸自己的肚子回答说：

"喏！你的鹅早就吃了，在这里了。"

"那你得赔我钱！"尼盖喊道。他没有注意吉普赛人在他和那个女人周围围了一圈儿。

那女人嘶哑着嗓子哈哈大笑起来。尼盖气坏了，扑过去揪住女人的耳朵，因为用力过猛，女人的耳环掉到他的手里，耳朵也出血了。女人怪叫起来。尼盖抓着耳环，一下子冲出人群，转身就往城里跑去。吉普赛人本来是可以去追赶他的，但是他们怕发生冲突遇上警察，便没有去追，而且当天晚上全部搬走了。

尼盖来到城里，商店一开门他就走进去把耳环交给一个珠宝商。珠宝商看到耳环怀疑耳环是尼盖偷来的；不过，他知道这是可以买便宜货的好机会。他称了一下金耳环的重量，又给了尼盖100法郎的钱币。耳环当然不止值这点儿钱，珠宝商觉得骗了尼盖，有点儿于心不忍，就把他妻子刚从炉子里取出来的馅饼分了一半儿给尼盖。

尼盖吃完饼，谢了一声就离开了珠宝店。一路上，尼盖衣兜里的钱币欢快地叮叮当当响个不停。他来到池塘边上，有一只鹅就是在这里淹死的。他认为鹅可能在水底还活着呢，就跳进水里去寻找。

他有节奏地吐着气，在池塘里摸索着，忽然看见有一个东西在发光：

原来池塘底有一只镶了一颗珍珠的白金戒指。从戒指的古老式样看，大概是许多年前丢失的。他把戒指捡起来戴在自己的手指上，重又浮出水面。

衣服干了以后，尼盖穿好衣服，又休息了一会儿，然后回到曾经买他耳环的珠宝商那里，把戒指交给他。珠宝商照旧给了他一个一百法郎的钱币。戒指当然不止值这点儿钱，所以商人又请他吃了一盘浇汤面包，喝了一杯酒。

尼盖吃完饭又出发了。衣兜里的钱叮叮当当直响。这一次，他回到农舍，想找到被毒蛇毒死的那只鹅。他经过这么多次的成功，以为什么事情都难不倒他，他一定可以用药水让死鹅复活。在路上，他看见了好多条蛇，这些坏家伙让他想起了死去的鹅，顿时气愤难耐，抓起一根儿棍子和石头把这些毒蛇全部打死了。傍晚，他把一大捆毒蛇交给村长，村长的妻子看到后吓得大喊大叫。村长为了奖励尼盖给了他 100 法郎的钱币。并且在得知他住得很远时，留他吃晚饭，并在自己家里休息。

第二天，尼盖又启程到城里去了。他想找到逃走的那只鹅。可是，这一次他并不知道该怎么去找。

尼盖进城以后，发现城里比平时热闹许多，原来这里马上要举行飞行大赛。"好吧！我先去看看，然后再去找鹅。"尼盖自言自语道。于是，他来到比赛场地。周围站满了眉飞色舞的观众。他个子太小，费了很大劲才挤到前面去。他刚来到栅栏边上，就听见高音喇叭里的通知："谁第一个从降落伞上跳下来，就可以得奖。"尼盖一下子跳过栅栏，冲到场地上，喊道："我去！我去！"他是那么天真，一听见大喇叭说可以上天，立刻就想到：到天上或许能找到我的鹅！

尼盖走进机舱，坐在飞行员旁边。飞机在地上滑行几分钟以后就起飞了。尼盖想：这就像坐在车里飞到天上一样。有人把降落伞系在他身上，当飞行员向他示意时，他立刻起身往下跳，他不愿意显得胆小害怕呢！

降落伞几乎是立刻就打开了。脸色有点发白的尼盖降落在欢呼的人群当中，一位穿着白色飞行服的人给了他 100 法郎的钱币作为奖励，还请他喝了一杯祝贺他跳伞成功的酒。喝罢，他就出发去往农庄了。一路上，放在衣兜里的钱币发出叮叮当当的声音，响个不停。

主人看到尼盖回来了，抄起一根儿粗棍想要揍他，黑狗汪汪吼着朝他冲过来，那幸存的一只鹅也向他飞扑过来，想要咬他的小腿。尼盖一点儿也不怕，他骄傲地大声叫道：

"瞧！主人，我把六只鹅给您带回来了。"

说罢，他把六个钱币整整齐齐地摆在桌上。主人连忙奔过去，想一下子把六个钱币抢到手里。可是钱币一下子都滚到地上去了。尼盖急忙跑过去拾捡，可是有一个钱币一个劲儿地往前滚，一直滚到大路上。尼盖紧紧追赶。因为是很陡的斜坡儿，尼盖跑了好长一段路，才追上这枚滚动的钱币。最后，尼盖总算追上了它，把它和其他几个钱币紧紧攥在手里，然后急忙往回走。可是他白白转回来找了好一阵，不但看不见主人的影子，连农舍、黑狗和鹅都消失了。

"呀！我的主人即使不是鬼，起码也是鬼的亲戚！"尼盖自言自语地说道，"不管怎么说，这些钱是我的了。"

于是尼盖高高兴兴地回到家乡，自豪地把挣来的钱币一个一个叮叮当当地放到妈妈手里。